10 contes du Japon

Titre original :

MYSTERIOUS TALES OF JAPAN

Aux mystérieuses affinités
qui nous unissent tous
À ma mère, Sonia Martin
R. M.

À mes grands-parents
T. K.

First published in the United States
under the title *Mysterious tales of Japan* by Rafe Martin

Published by arrangement with G. P. Putnam's Sons,
a division of Penguin Putnam Inc.

RAFE MARTIN

10 contes du Japon

Traduit de l'anglais (États-Unis) par
Robert Giraud

Illustrations intérieures de
FRÉDÉRIC SOCHARD

Castor Poche Flammarion

Introduction

Ceci est pour toi, voyageur,
Pour que tu saches combien de choses sont illusoires.
Tiré de Nishikigi, une pièce du théâtre nô

Mon enfance s'est déroulée à New York dans une maison remplie de sculptures, de rouleaux, de peintures, de tissus et de meubles d'Asie. Ma mère, en particulier, aimait tout ce qui venait de Chine et du Japon. Mon père avait fait la Seconde Guerre mondiale dans les renseignements en Chine, en Birmanie et en Inde. Il en rapporta beaucoup de beaux objets, des photos et des tas de choses à raconter. En plus des contes de fée européens, des épisodes de la Bible, des histoires de famille et des légendes du roi Arthur, des aventures de Mowgli et de Robin des Bois, mon imagination de jeune garçon se nourrissait aussi de contes d'Asie.

En grandissant, j'apprenais toujours plus

sur le Japon et sa culture. Puis j'y allai et découvris que la culture de ce pays, jusqu'à maintenant, conserve un respect fondamental pour l'Invisible. Dans les temples shinto, on peut voir une pierre sur un coussin brodé devant lequel sont déposés en offrande de l'encens, du thé ou des fleurs. On peut aussi y trouver de vieux arbres au tronc ceint de tresses de paille de riz, signes de la présence de l'Esprit. À de nombreux coins de rue de Kyoto s'élèvent de grandes sculptures aux traits presque enfantins, qui représentent le bodhisattva Jizo, protecteur des enfants, des voyageurs et de ceux qui s'égarent aux carrefours, ou aux enfers, assis dans la position du lotus. Des fleurs et de l'encens sont déposés devant ces statues, tandis que les voitures passent à toute vitesse et que les vendeurs des rues déambulent.

Selon le shinto, qui est la religion traditionnelle au Japon, les nuages, les montagnes, les rochers, les étangs, les arbres et les animaux ont tous un Esprit, ou kami. La nature est un vaste réseau d'êtres et de règnes interdépendants, un lieu de mystère spirituel, et non un enchaînement de mécanismes. Le bouddhisme, et plus particulièrement le bouddhisme zen, qui a exercé une influence durable sur la pensée, l'esthétique, les arts martiaux et la religion japonais, insiste sur l'unicité de toutes les formes de vie, tout en reconnaissant la totale singularité de la moindre punaise, de la moindre feuille, de chaque montagne, de chaque personne, de chaque chien, de chaque rocher, de chaque étoile. La compassion pour tout être vivant imprègne profondément la vision bouddhiste de la réalité.

Ces deux courants culturels que sont le shinto et le bouddhisme convergent dans les contes japonais. Nous découvrons dans ces contes un univers rempli de mystère impalpable, de puissance intérieure (une concentration d'esprit ou, comme on dit en Occident, de « vertu »), de signification morale, ainsi qu'un sens profond des beautés du monde naturel. En fait, la beauté, dans ces histoires, peut devenir une fin en soi, une force ensorcelante. Il arrive bien qu'un vers, une mélodie, un geste, la courbure d'une feuille, la chute d'une vague, un visage entrevu nous hantent, parfois pendant des années ! Les contes du Japon trahissent une conscience aiguë de la beauté à la fois fugitive et obsédante de la vie.

Plusieurs des contes japonais à la spiritualité la plus haute, ceux par exemple qui ont été portés à la scène dans le théâtre nô, sont des histoires de fantômes. Mais à la différence des histoires de fantômes familières aux Occidentaux, leur but n'est pas de faire peur. Au contraire, ils veulent nous faire toucher du doigt le mystère de la vie, nous rappeler que la réalité de toute chose est rêve – fantôme.

Beaucoup des histoires de ce recueil doivent beaucoup à Lafcadio Hearn, un écrivain américain qui est parti au Japon en 1890 et qui y a passé le reste de sa vie. Il a épousé une Japonaise et, au bout de quelque temps, s'est mis à recueillir des contes traditionnels. Il aimait en particulier ceux qui donnaient le frisson. Le travail de Hearn était basé sur de vieux recueils littéraires, sur des écrits zen, sur des sources bouddhistes et shintoïstes, ainsi que sur les versions qu'il tenait de sa femme et de ses amis japonais.

Alors que je présentais certaines de ces histoires, il y a quelques années, dans une université japonaise, une étudiante a expliqué que, traditionnellement, les histoires de fantômes, dont plusieurs sont reproduites dans ce recueil, se racontent durant les nuits d'été. « Pourquoi ? » demandai-je. « Parce que, répondit-elle, les nuits d'été, au Japon, sont très lourdes et moites. Or les histoires de fantômes vous font frissonner, et ainsi vous supportez mieux la chaleur. » « Ah, fis-je, ainsi il s'agit d'une forme particulière de climatisation ? » L'idée était drôle, mais il n'en reste pas moins, je pense, que ces contes font souffler une brise rafraîchissante sur nos imaginations surchauffées et hyperstimulées. Je m'y replonge souvent, soit pour mon plaisir, soit pour les faire partager à d'autres, et leur beauté froide ne manque jamais de relancer mon imagination et celle de mes auditeurs. Si les contes occidentaux, avec leurs hauts faits héroïques, participent de la vive lumière et de la chaleur du soleil, ceux du Japon nous font plutôt évoluer dans la lumière tamisée de la lune. Puissiez-vous tirer du plaisir de cette promenade dans l'imaginaire lunaire des *10 contes du Japon*.

Rafe Martin

1. Urashima Taro

Au plus profond de la nuit
La rivière du ciel
s'est déplacée.
Ransetsu

Urashima Taro *est l'un des contes traditionnels préférés des Japonais. Il en circule de nombreuses versions.*

Il était une fois un pêcheur pauvre en argent mais riche de cœur, du nom de Urashima Taro. Un jour qu'il marchait sur le rivage, ses filets roulés sur les épaules, il aperçut des gamins qui jetaient des bâtons et des pierres vers une forme rampant sur le sable. De quoi pouvait-il s'agir ?

Il s'avança et vit une tortue de mer géante qui s'était aventurée sur la grève et cherchait à regagner l'eau.

— Arrêtez ! cria-t-il aux gamins. Arrêtez ! Vous ne savez donc pas que tous les êtres vivant sur terre sont vos frères et vos sœurs, et que vous devez être compatissants pour eux ? De plus, on dit que la tortue, ce messager du roi dragon qui habite sous la mer, vit dix mille ans. Si vous mettez à mort une créature ayant encore dix mille années à vivre, toutes ces années perdues vous seront réclamées. C'est un risque et une faute. Tenez, ajouta-t-il en fouillant dans une petite bourse, prenez ces pièces et laissez la tortue tranquille.

Les gamins prirent l'argent et laissèrent la tortue redescendre la rive. L'animal entra dans l'eau et, juste avant de plonger dans les flots verts, il se retourna et dévisagea Urashima Taro, comme pour en fixer les traits dans sa mémoire. Puis il disparut sous les vagues, ne laissant derrière lui qu'un mince sillon de bulles d'argent.

13

Urashima Taro reprit sa route et déposa ses filets au fond de sa barque. Il poussa celle-ci à l'eau, sauta dedans et se mit aux rames. Longtemps, longtemps, longtemps il rama et finit par atteindre le large.

Le soleil brillait avec éclat, semant sur la mer des écailles de lumière. L'eau s'égouttait des rames, et Urashima Taro, bercé par les vagues, céda au sommeil. Sans même s'en rendre compte, il posa sa tête sur le bord et s'endormit.

Il fit un rêve. Dans ce rêve, une femme d'une grande beauté surgissait de la mer et marchait sur les flots sans s'y enfoncer, se dirigeant droit sur la barque du pêcheur. Ses longs cheveux noirs pendaient dans son dos. Elle était vêtue d'une magnifique robe pourpre et bleue, et elle portait au cou et aux poignets des perles, des coraux et des émeraudes.

Elle approcha encore, mit le pied dans la barque, se pencha et toucha l'homme à l'épaule, puis…

Urashima Taro se réveilla. La femme était devant lui, telle qu'il l'avait vue dans son rêve !

— Qui es-tu ? interrogea-t-il, et que veux-tu ?

Elle répondit d'une voix aux vibrations inquiétantes, qui rappelait le murmure de la mer :

— Urashima Taro, Urashima Taro, je suis la fille du roi dragon qui habite les profondeurs marines. Tu as été compatissant pour son messager la tortue, et c'est pourquoi il m'a destinée à devenir ta femme. Nous vivrons ensemble, si tu veux bien, dans l'île de l'Été sans fin.

Urashima Taro accepta avec empressement. La jeune femme s'assit à ses côtés, et longtemps, longtemps, longtemps ils ramèrent tous deux, chacun d'une main. Quand les îles du Japon s'enfoncèrent sous l'horizon, ils virent apparaître l'île de l'Été sans fin. Ils franchirent le ressac, Urashima Taro sauta de la barque et la tira sur le sable. Puis il aida la princesse à mettre pied à terre. Mais, se retournant soudain, il aperçut d'étranges créatures des profondeurs, vêtues de robes somptueuses, la tête ceinte d'une couronne, et qui disaient :

— Bienvenue à toi dans ton palais, brave Urashima Taro !

Et c'est là qu'eurent lieu les noces d'Urashima Taro et de la princesse des fonds marins.

Chaque jour réservait de nouvelles surprises au pêcheur. Tantôt c'était une perle, plus grosse que toutes celles qu'il avait pu voir auparavant, et qui projetait assez de lumière pour éclairer la grande salle du palais. Tantôt c'étaient des serpents de mer géants qui venaient s'enrouler autour des colonnes de l'escalier et répandaient une lueur semblable à celle d'étoiles tombées du ciel. D'autres fois, une pieuvre ou un calmar suivaient le pêcheur à la manière d'un chien ou d'un chat familier.

Pendant trois ans, Urashima Taro vécut ainsi dans le bonheur.

Puis un jour vint où il crut émerger d'un rêve.

— Ma mère, dit-il, mon père, ma famille, mes amis doivent me croire mort. Il faut que j'aille les voir, même pour peu de temps. J'ai pris la mer il y a trois ans et ne suis jamais revenu. Comment ai-je pu faire une chose pareille ? Ma famille me manque. Je dois y aller et leur dire que tout va bien pour moi.

Il alla trouver sa femme et lui dit :

— Pensons à ma mère, à mon père, à ma famille, à mes amis ! J'ai pris la mer il y a trois ans et ne suis jamais revenu. Ils doivent me croire mort. Il faut que j'aille faire un tour là-bas.

Mais elle lui dit de sa voix qui rappelait le murmure de la mer :

— Urashima Taro, Urashima Taro, ne t'en va pas, tu ne reviendrais plus.

— Mais si, je reviendrai, insista-t-il. Jamais je ne t'abandonnerai. Je vais juste donner de mes nouvelles à ma famille, les revoir tous et leur dire adieu dans les formes.

Mais la jeune femme répéta :

— Urashima Taro, Urashima Taro, si tu t'en vas, je ne te reverrai plus.

Il lui dit simplement :

— N'aie pas peur, je serai bientôt de retour.

Quand elle comprit qu'il partirait de toute façon, qu'elle le veuille ou non, elle se tourna, fouilla dans ses affaires et tendit au pêcheur un petit coffret laqué de noir, fermé par une cordelette d'argent.

— Prends ce coffret et ne t'en sépare jamais, lui dit-elle d'une voix aussi douce que l'imperceptible clapotis de la mer en été. Il t'aidera à me revenir. MAIS… – et pour un instant, sa voix enfla comme une vague furieuse – tu ne dois l'ouvrir en aucun cas. Est-ce bien clair ?

— Je le garderai toujours avec moi, répondit Urashima Taro, et ne l'ouvrirai jamais.

Puis il s'élança vers sa barque, y plaça le coffret sous le siège et la poussa à l'eau. Il rama longtemps, l'île de l'Été sans fin s'enfonça dans les flots tandis que devant lui réapparaissaient les îles du Japon, sa patrie.

Il traversa le ressac, sauta à terre et tira son embarcation sur le sable, pour que la mer ne l'emporte pas. Il reprit le coffret et remonta la grève. Mais que lui arrivait-il soudain ? Il ne s'y retrouvait plus. Quand il est parti il y a seulement trois ans de cela, les montagnes, à l'horizon du village, étaient couvertes d'arbres. Or, maintenant, ce n'étaient que rochers dénudés. Il y a trois ans, les arbres du bosquet étaient grands et bien droits, alors que maintenant ils étaient courbés et tordus. Les maisons avaient un drôle d'aspect. Il n'en avait jamais vu de pareilles précédemment. Son coffret à la main, il pénétra dans le village. Mais les visages des habitants le déconcertaient également. Il était chez lui, dans son village, dans son pays, et pourtant il ne reconnaissait personne.

«Qu'est-ce que cela signifie? se demanda-t-il. Pourquoi tout a-t-il un air si différent? Je ne suis pourtant pas un étranger, ici!» Mais quand il arriva à l'emplacement de sa maison, il ne trouva qu'un espace vide.

«Je suis victime d'une illusion», se dit Urashima Taro, désemparé.

Un vieil homme approchait justement en clopinant, appuyé sur une canne.

— Vieil homme, l'interpella Urashima Taro, voudrais-tu me rendre un service?

— Que désires-tu? demanda le vieux.

— Aide-moi, si tu veux bien, à trouver la maison d'un homme nommé Urashima Taro. Il a passé sa jeunesse ici et y a vécu. Son père et sa mère habitent toujours ici.

— Urashima Taro? prononça le vieil homme en se grattant la barbe. Urashima Taro? Jamais entendu parler.

Et il reprit son chemin.

— Vieil homme, eh ! attends ! cria Urashima Taro. Je sais qu'il habite ici. Je t'en prie, vieil homme, fais un effort ! Urashima Taro, Urashima Taro…

— Urashima Taro ? répéta le vieux une fois de plus. Urashima Taro ? Ah oui ! s'exclama-t-il soudain. C'est vrai, le père de mon père lui avait raconté l'histoire d'un certain Urashima Taro, un jeune pêcheur qui avait pris la mer un été, par une belle journée ensoleillée, il y a trois cents ans, et qui n'est jamais revenu. La maison familiale d'Urashima Taro, désormais, c'est le cimetière. Tu y retrouveras tous ses proches. Maintenant, laisse-moi partir !

Et le vieil homme se hâta de s'éloigner.

« Quel est donc ce cauchemar ? » pensa Urashima Taro. Toujours son coffret sous le bras, il se dirigea à pas pressés vers le cimetière et là, dans le secteur le plus ancien, sous un grand arbre moussu, il découvrit trois grandes pierres tombales très abîmées et, elles aussi, couvertes d'une épaisse couche de mousse duveteuse.

Urashima Taro alla à la première tombe et la dégagea. Il lut alors, gravé dans la pierre, le nom de sa mère. Sur la deuxième figurait le nom de son père. Sur la troisième, enfin, il découvrit son propre nom. Accablé, mais toujours cramponné au coffret, il fit demi-tour et reprit, comme dans un brouillard, le chemin du rivage.

Arrivé au bord de la mer, il demeura immobile, laissant les vagues rouler leurs eaux autour de ses pieds. Finalement, il prononça à voix haute :

— Le secret de ce cauchemar, de cette hallucination réside dans ce coffret. Je dois l'ouvrir pour comprendre ce qui m'arrive.

Il défit la cordelette d'argent et la laissa tomber sur le sable humide. Il posa une main sur le couvercle du coffret, prit sa respiration, souleva le couvercle et, pschhhh, une fine brume blanche s'échappa du coffret et s'envola, par-delà l'océan, vers l'île de l'Été sans fin.

Et tout d'un coup, Urashima Taro se sentit vieux, fatigué et sans force. Ses mains tremblantes se ratatinèrent sous ses yeux. Il perdit ses dents. Ses cheveux grisonnèrent, puis blanchirent. Deux larmes perlèrent de ses yeux et tombèrent dans la mer. Urashima

Taro, âgé de trois cents ans, s'effondra sur le sable, se réduisit en poussière, et cette poussière s'envola à son tour, par-delà l'océan, vers l'île de l'Été sans fin.

Si vous allez jamais un jour au Japon, rendez-vous dans ce village. Cherchez le temple, qui s'y trouve encore. Vous verrez qu'on y conserve toujours, en souvenir de cette histoire, le coffret laqué, la cordelette qui l'attachait et un morceau de la corde de la barque d'Urashima Taro.

2. Saule vert

La lune dans l'eau
Se brise encore et encore
Toujours entière.
Choshu

Dans Saule vert, *nous voyons l'amour que les Japonais portent aux arbres. Ce thème se retrouvera également dans* Le pin d'Akoya.

Il était une fois un jeune guerrier, ou samouraï, nommé Tomotada.

Entraîné à guerroyer, exercé à manier arc, lance et sabre, il passait pourtant le plus clair de son temps à soigner les arbres des jardins du palais. Tomotada aimait la végétation, les plantes et, par-dessus tout, les arbres.

Un jour, Tomotada se vit confier une importante mission. Il devait porter un message de son seigneur à un autre seigneur dont le château était loin derrière les montagnes. C'était un grand honneur.

Le guerrier franchit la porte du palais par une belle journée du début de l'automne. Les feuilles dorées des saules s'agitaient dans la brise, comme pour un adieu.

Tomotada chevaucha tout le jour. Comme il approchait des montagnes, le ciel s'assombrit, un éclair brilla, un vent froid se leva et une averse torrentielle ne tarda pas à s'abattre. Tomotada força l'allure de son cheval, car la nuit descendait rapidement, mais la piste était glissante et une chute sur ces chemins de montagne pouvait signifier la mort. Tomotada aperçut soudain au loin une lumière intermittente. Il se dirigea vers elle et aboutit à une petite cabane. Près de la cabane, sur la rive d'un ruisseau, se dressaient trois saules. Deux d'entre eux étaient vieux, avec des branches lourdes, et se tenaient serrés l'un contre l'autre. Le troisième était jeune, fin et gracile. Les branches des saules, remuées par le vent, tantôt masquaient et tantôt révélaient la lumière qui filtrait par une fente de la fenêtre fermée de la cabane.

Trempé et frigorifié, Tomotada attacha les rênes de son cheval à l'un des saules, puis frappa à la porte. Celle-ci s'ouvrit.

— Entre, jeune seigneur, dit le vieil homme qui apparut dans l'embrasure. Viens te mettre à l'abri de la tempête, et Saule vert s'occupera de ton cheval.

Tomotada regarda derrière lui et entrevit une silhouette voilée qui conduisait son cheval vers un abri. Il entra dans la cabane.

Un bain chaud chassa le froid de ses os. Habillé de vêtements secs, Tomotada s'installa devant un repas fumant préparé par la femme du vieil homme. La porte s'ouvrit, et un vent froid et humide s'y engouffra.

— Ma fille Saule vert, dit le maître de maison.

Timidement, la silhouette ôta sa cape mouillée. Le cœur de Tomotada bondit dans sa poitrine. La fille était belle, aussi gracile que l'arbre dont elle portait le nom. Tomotada abandonna son dîner. Il oublia même sa mission. Il ne pouvait plus penser qu'à Saule vert.

Tomotada bavarda avec le vieux couple et la jeune fille jusque tard dans la nuit. La voix de Saule vert était aussi douce et caressante à l'oreille de Tomotada que le bruissement des feuilles d'un saule. La courbe de son cou, sa façon de lever les mains et les bras lui rappelaient le balancement d'un jeune saule dans la brise du printemps.

Finalement, Tomotada alla se coucher. Dehors, le vent soufflant à travers le feuillage des saules faisait une douce musique. Les paroles qu'appelait cette mélodie vinrent toutes seules aux lèvres du jeune homme : « Saule vert. Saule vert sera ma femme. »

Malheureusement pour Tomotada, l'aube du lendemain annonça une belle journée. Il ne pourrait donc pas rester. Son devoir l'appelait. Le cœur lourd, il regarda Saule vert sortir son cheval de l'étable. Il aperçut des larmes dans ses yeux. Il sut dès lors qu'il ne pourrait jamais la quitter.

— Je serai de retour, dit-il, dès que j'aurai accompli ma mission.

Il enfourcha sa monture et se mit en route.

De toute cette journée, son cœur ne connut point le repos. N'aurait-il pas dû demander la main de Saule vert avant de partir ? La retrouverait-il à son retour ? De telles pensées le maintenaient en souci.

À la tombée de la nuit il parvint à un temple abandonné. Épuisé, il mit pied à terre. En entrant dans le temple, il perçut un mouvement dans l'obscurité. Instinctivement, il tira son sabre et cria :

— Qui est là ? Montrez-vous ou je frappe !

Une forme émergea de l'ombre.

— Saule vert !

C'était bien elle. Tomotada rengaina son sabre et serra la jeune fille contre lui. Il ne se demanda même pas comment elle avait fait pour le retrouver dans ce coin perdu, ni comment elle avait pu l'y devancer. Non. Tout ce qu'il savait, c'est qu'il tenait son Saule vert dans ses bras.

Tomotada ne put se résoudre à quitter Saule vert une nouvelle fois. Ils partirent ensemble au hasard de la route et finirent par arriver dans une ville où personne ne connaissait le seigneur de Tomotada. Ils se marièrent et, avec l'argent et les joyaux cousus dans la doublure du vêtement du samouraï, se firent construire une maison au bord d'un ruisseau.

— Un jour, dit Tomotada, je retournerai chez mon seigneur et implorerai son pardon. Mais pas maintenant. Non, je ne peux pas encore me résoudre à partir.

Tomotada et Saule vert plantèrent dans leur jardin beaucoup d'arbres et de plantes. L'amour de Saule vert pour les arbres et tout ce qui poussait du sol était aussi fort, plus fort même s'il est possible, que celui de Tomotada. Ils avaient des cerisiers et des pêchers, des pins et des sapins. Et quantité de fleurs ! De grosses pivoines épanouies, des chrysanthèmes et des iris élancés y poussaient à profusion. Et en bordure du ruisseau s'élevaient des saules. Tomotada et Saule vert étaient heureux.

Un soir d'été, les deux jeunes gens étaient assis dans leur jardin. L'eau clapotait dans le ruisseau voisin. Les feuilles bruissaient dans la brise du soir. L'air embaumait le parfum des fleurs. Soudain, Saule vert poussa un cri de douleur :

— Mon arbre ! Mon arbre !

De la sueur perla sur ses sourcils.

— Mon arbre ! répéta-t-elle. Mon arbre ! Ne les laissez pas faire ! Pas maintenant ! Mais ils taillent, ils taillent. Ça fait mal ! Ils coupent mon arbre ! Oh, Tomotada chéri, mon époux, dit-elle fiévreusement. Je regrette de t'avoir arraché à ta mission. Mais je t'aimais. Je t'aimerai toujours. Adieu !

— Que dis-tu là ? s'écria Tomotada. Tu es ici avec moi. Tout va bien. Que…

Mais il ne put achever. Saule vert avait disparu. Il ne tenait plus contre lui qu'une brassée de longues feuilles de saule dorées.

Au fond de son cœur, Tomotada savait la vérité. Mais il avait du mal à l'accepter. Il renonça au monde, abandonna ses biens et se fit moine errant, disciple de Bouddha le Compatissant. Souvent il dormait à la belle étoile ou méditait dans la montagne, avec pour seule compagnie les bêtes sauvages, les rochers et les arbres. Il priait pour tout ce qui vivait : animaux, plantes, arbres.

Un jour, il trouva sur sa route un ruisseau

familier. Il tressaillit et réalisa que c'était l'endroit où se dressait la cabane, et où il avait fait connaissance avec Saule vert. De la cabane, il ne restait rien. Seules trois souches maintenaient le souvenir des trois bouleaux, des deux vieux et du jeune.

Joignant les mains, paume contre paume, il tomba à genoux et récita devant les souches une prière pour les défunts.

« Insensé, pensa-t-il, que diraient les gens s'ils te voyaient prier devant des souches de bouleau ? »

Les mains toujours jointes, il psalmodia les paroles qui apportaient la paix à ceux qui avaient quitté la vie d'ici-bas.

Le pèlerinage de Tomotada était terminé. Il se construisit une cabane en ce lieu et y demeura. Au printemps, il découvrit une pousse verte sur la souche du jeune bouleau. Tomotada en prit soin, et la pousse donna un arbuste aux fines feuilles bruissantes et murmurantes. La nuit, la musique de ces feuilles venait rythmer ses rêves.

— Saule vert, chantait une voix au son de cette musique, Saule vert.

D'année en année, le bouleau devenait de plus en plus haut et de plus en plus beau.

La vie de Tomotada finit par toucher à son terme. Une graine tomba du bouleau à l'endroit où les os de Tomotada avaient rejoint la terre, donnant ensuite naissance à un rejeton. Celui-ci s'épanouit en un arbre puissant. Les troncs des deux saules poussèrent côte à côté, leurs branches s'emmêlèrent. Sous la terre, les racines se trouvèrent et s'enlacèrent.

Quand le vent se lève, agitant les feuilles de ces arbres, on croit entendre l'un d'eux murmurer : « Tomotada », comme un rêveur qui s'endort.

Et l'autre bouleau semble lui répondre d'une voix caressante : « Saule vert, Saule vert. »

3. Ho-ichi le Sans-oreilles

Quel clair de lune!
Ce soir les crabes eux-mêmes
Se proclament nés de Taira.
Issa

Ho-ichi le Sans-oreilles *évoque des événements réels du Moyen Âge japonais. La bataille de Dan-no-ura a effectivement eu lieu en 1185, et elle a inspiré des récits épiques que récitaient des conteurs aveugles.*

Pendant près d'une centaine d'années, la famille Heike, connue aussi sous le nom de famille Taira, gouverna le Japon d'une main de fer. Mais, petit à petit, elle se reposa sur ses succès et perdit la force et l'ardeur qui l'avaient amenée au pouvoir. Une autre famille, celle des Genji, ou Minamoto, commença à contester la domination des Heike. De terribles batailles les opposèrent, et finalement, à Dan-no-ura, les flottes des deux grands clans se retrouvèrent face à face.

Les navires des Genji s'avancèrent, leurs ponts remplis d'archers à l'armure noire, l'arc tendu. D'un seul coup, l'air s'emplit de flèches. Les hommes des Heike, transpercés, tombaient en hurlant à la mer. Sous le choc des navires adverses, les coques éclataient, les mâts se fendaient, des flammes jaillissaient partout.

La nourrice du bébé empereur, voyant le désastre, saisit l'enfant royal, s'avança sur la proue du navire et plongea dans la mer, ses vêtements épars autour d'elle. La femme et le bébé disparurent dans les flots ensanglantés, et on ne les revit plus jamais.

Après l'anéantissement de la famille Heike, d'étranges choses commencèrent à se produire le long de cette côte.

Les navires qui se hasardaient dans ces eaux s'arrêtaient, comme si des doigts géants les saisissaient par le fond. Il fallait toute l'énergie des rameurs pour les arracher à cette étreinte.

Les nageurs assez fous pour quitter le rivage étaient entraînés vers le fond et ne reparaissaient jamais. Le soir, il fallait redoubler de prudence. Des feux fantômes s'allumaient dans l'obscurité, attirant les voyageurs trop confiants vers le bord de la falaise pour qu'ils s'écrasent sur les rochers.

Même les crabes qui émergeaient de la mer en cet endroit avaient un aspect étrange. Ils portaient sur le dos, imprimée dans la carapace, l'image d'un visage casqué, d'un visage de samouraï mort.

De tous ces signes les villageois des alentours conclurent que les âmes des Heike n'avaient pas trouvé le repos. Aussi construisirent-ils un temple au sommet d'une colline dominant la mer et aménagèrent-ils un cimetière derrière le temple. Ils dressèrent dans le cimetière des pierres portant les noms de chaque noble tué, homme ou femme, et de chaque samouraï. Puis ils bâtirent un monument au bébé empereur et à la nourrice qui lui avait épargné la défaite, et se mirent à y apporter des offrandes. Tout rentra peu à peu dans l'ordre, mais certains phénomènes bizarres se produisaient encore parfois.

Une aventure singulière arriva à un conteur aveugle nommé Ho-ichi. Allant de ville en ville, il contait l'histoire des Heike en s'accompagnant d'un genre de luth ou de guitare appelé *biwa*. Ses auditeurs, en remerciement, lui donnaient de l'argent, de la nourriture, des vêtements ou un gîte pour la nuit. Le pauvre aveugle, voyageant toujours seul, avait une vie difficile.

Le prêtre chargé du temple du rivage de Dan-no-ura aimait les histoires. Il entendit parler de l'art de Ho-ichi et l'invita dans son temple.

— Ho-ichi, lui dit-il, tu n'as pas une vie facile. Tu es aveugle et parcours seul le pays. Et si tu restais ici ? J'aime les histoires. Tout ce que tu auras à faire sera de m'en dire une de temps en temps. Accepte, ami, tu as tout à y gagner. En échange de tes histoires, je t'assurerai nourriture, vêtement, logement et tout l'argent dont tu auras besoin. Qu'en dis-tu ?

C'est ainsi que Ho-ichi se fixa et connut une existence plus douce.

Par une chaude nuit d'été, le prêtre dut partir pour exercer son office. Ho-ichi était assis sur le plancher au fond du temple. L'air était lourd et moite. Pas un souffle n'agitait les buissons. La sueur dégoulinait dans le cou de Ho-ichi.

Dans le lointain, une cloche sonna minuit. Le portail pivota avec un craquement et des pas lourds résonnèrent sur le sol, se dirigeant vers l'endroit où Ho-ichi était assis. Le conteur entendit le raclement de la garde d'un sabre sur une armure et le frottement de la jugulaire qui attache le casque des samouraïs.

Les pas se rapprochèrent et s'arrêtèrent juste devant Ho-ichi. Une voix dure comme le fer prononça :

— HO-ICHI !

— *Haï* ! Oui ! répondit l'aveugle.

— Suis-moi, dit la voix. Mon seigneur, un noble de haut rang, a appris que tu savais bien raconter l'histoire du clan Heike, et tu dois maintenant la dire pour lui. Lève-toi et viens !

Le cœur de Ho-ichi était serré de peur. Il savait que désobéir aux ordres d'un samouraï pouvait lui coûter la vie. En effet, quand un guerrier n'était pas satisfait de la réponse à l'un de ses ordres, il pouvait tirer son sabre et couper l'indocile en deux.

— Je suis aveugle, bégaya Ho-ichi, je ne vois pas mon chemin.

— Hum ! fit la voix, toujours bourrue, mais un peu moins sévère, n'aie pas peur. Tends ton poing et je te guiderai.

Ho-ichi enroula la corde de son *biwa* autour de son cou et tendit le poing. Un autre poing se referma sur lui comme un étau de fer, mit l'aveugle debout et l'entraîna sur le chemin, à travers la cour du temple, puis par le portail, qui se referma derrière eux. Ho-ichi descendit les étroites marches de pierre qui menaient au village, traversa ses ruelles tortueuses, gravit une colline élevée, passa un immense portail de bois qu'il ne se rappelait pas avoir jamais franchi. Il arriva ainsi, avec son guide, à une grande porte maintenue par une barre. Le samouraï frappa à la porte de son poing ganté de fer.

— Ouvrez, cria-t-il, je vous amène Ho-ichi !

La porte pivota lentement. L'aveugle se sentit introduit dans une vaste pièce. Des voix murmuraient tout autour de lui, dans une langue recherchée. Il percevait le froissement des vêtements de soie et il comprit qu'il était au milieu d'une assistance raffinée de gentilshommes et de nobles dames. On l'amena au centre de la salle. Il s'agenouilla sur une natte et plaça son *biwa* devant lui.

Une voix de femme s'éleva :

— Bienvenue à toi, Ho-ichi. Nous savons avec quel art tu contes l'histoire des Heike. Notre seigneur, un noble de haute lignée, a désiré l'entendre de tes lèvres, et c'est pourquoi il t'a mandé en son château. Tu es autorisé à commencer.

— Oh ! votre seigneurie, bégaya Ho-ichi, l'histoire des Heike est si longue qu'il faut quatre nuits entières pour la conter toute. Quelle partie l'auguste compagnie désire-t-elle entendre ce soir ?

La voix de femme répondit :

— Nous faisons choix de la bataille de Dan-no-ura, car elle suscite la douleur la plus amère, mais aussi la plus douce.

La voix de la femme avait des intonations qui glacèrent le sang de Ho-ichi et lui firent dresser les cheveux sur la tête.

– Ho-ichi prit son *biwa*, en pinça les cordes et commença à psalmodier l'histoire de la bataille de Dan-no-ura. Les deux flottes semblèrent ressusciter, avec leurs ponts couverts d'archers à l'armure noire, avec l'air qui s'emplissait de flèches, avec les hommes, transpercés, qui tombaient en hurlant à la mer, les navires qui s'écrasaient les uns contre les autres, les mâts qui se fendaient, les flammes qui jaillissaient de partout. Avec la nourrice qui prenait le bébé empereur dans ses bras et coulait avec lui, ses vêtements épars autour d'elle.

À mesure que Ho-ichi jouait et récitait, une sorte de plainte, une lamentation sauvage s'éleva autour de lui. La réaction de ses auditeurs le plongea dans la stupeur et l'effroi. Jamais il n'avait rien entendu de semblable ! Il percevait même le froissement soyeux des manches des vêtements avec lesquelles les assistants s'essuyaient les yeux. La voix de femme résonna à nouveau :

— Ho-ichi, dit-elle, nous avions certes entendu dire que tu étais un bon conteur. En vérité, ton talent est au-dessus de tout éloge. Tu dois revenir encore pendant trois nuits pour nous réciter toute l'histoire. Quand tu auras terminé, nous te récompenserons généreusement. MAIS, reprit-elle, avec à nouveau ce quelque chose dans la voix qui glaçait le sang de l'aveugle, tu ne dois dire à personne où tu as été. Tu m'as bien comprise ?

Le cœur de Ho-ichi battait à se rompre, mais il se dit : « L'assistance est noble et riche. S'ils aiment ce que je fais, ma fortune est assurée. » Et il surmonta sa peur.

— Oui, dit-il, je reviendrai pour trois nuits et je ne dirai rien à personne.

— Bien. Maintenant, tends le poing et le samouraï te ramènera chez toi. Prends surtout garde de ne rien dire à personne. Et sois prêt demain à minuit. À bientôt !

De nouveau, Ho-ichi tendit le poing, qu'un autre poing emprisonna comme un étau, mettant l'aveugle sur ses pieds et l'entraînant dans la nuit. La porte de bois se referma derrière eux, la barre se remit en place. Les deux hommes franchirent la colline, les ruelles tortueuses du village et les étroites marches de pierre qui menaient au temple. Le samouraï laissa Ho-ichi au fond de la cour, juste au moment où le soleil se levait. L'aveugle sut que c'était l'aurore, car les oiseaux chantaient dans les arbres.

Le conteur regagna sa couche en titubant et il était si fatigué qu'il dormit tout le jour. Mais la nuit suivante, à minuit, il était prêt. Dès que la cloche sonna l'heure, le samouraï vint le prendre et l'emmena dans le grand palais sur la colline. Ho-ichi continua l'histoire puis revint à l'aube, guidé par le samouraï. Mais quand il entra dans le temple, le prêtre était là, qui l'attendait.

— Ho-ichi, dit-il, où étais-tu ? Toi, un aveugle, tu es sorti tout seul dans la nuit ? Dis-moi donc, mon ami, ce qui s'est passé.

— Cela ne concerne que moi. Ne vous en souciez pas. Je suis seulement très fatigué et je dois dormir.

Ho-ichi passa devant le prêtre d'un pas incertain et gagna sa chambre, où il s'effondra, épuisé, et sombra aussitôt dans le sommeil.

Le prêtre, pourtant, était soucieux. Il savait que parfois des fantômes du clan Heike revenaient et faisaient d'étranges choses. Aussi, il posta cette nuit-là deux serviteurs avec des lanternes camouflées, derrière la murette de pierre qui entourait la cour du temple.

Juste avant minuit, ils virent Ho-ichi émerger du temple et s'asseoir, les jambes croisées sous lui, sur le plancher de bois poli au fond du bâtiment. Quand la cloche sonna l'heure, un éclair brilla, le tonnerre gronda, la pluie tomba en averse. Et les deux serviteurs, stupéfaits, virent Ho-ichi balancer son *biwa* sur son dos, dresser son poing dans la nuit et partir seul dans l'obscurité !

Ils levèrent leurs lanternes et le suivirent. Mais le temps qu'ils atteignent le village, Ho-ichi avait disparu. Ils frappèrent à de nombreuses portes, mais personne n'avait vu le conteur. Comment avaient-ils pu faire, eux qui avaient des yeux et des lanternes, pour laisser échapper un aveugle en pleine tempête ! Ils avaient trop honte pour retourner au temple et raconter leur mésaventure au prêtre. Ils préférèrent continuer leurs recherches.

Il devait être vers les trois heures du matin quand ils entendirent une voix chanter. Guidés par les sons, ils parvinrent au cimetière. Ils jetèrent un œil par-dessus le mur et aperçurent Ho-ichi assis sous la pluie battante, enduit de la boue des tombes, qui jouait de son *biwa* et récitait le conte du clan Heike. Tout autour de lui, des milliers de feux fantômes dansaient et se contorsionnaient au rythme de la musique.

Les deux serviteurs, surmontant leur peur, escaladèrent le mur de clôture, se faufilèrent jusqu'à Ho-ichi et le secouèrent.

— Ho-ichi ! crièrent-ils, viens avec nous ! Viens tout de suite !

Ho-ichi était dans une sorte de transe.

— Que faites-vous ? Laissez-moi ! Ne me dérangez pas devant cette noble assistance !

Mais les serviteurs ne le lâchèrent pas. Le tenant d'une main ferme, ils le traînèrent dans la boue, lui firent passer le mur et, les dents claquant de froid et de peur, sous la pluie et dans l'obscurité, le ramenèrent au temple. Ils lui mirent des vêtements secs et lui donnèrent une boisson chaude. Ensuite, le prêtre l'interrogea.

— Ho-ichi, que faisais-tu ? Où étais-tu allé ? Tu dois me le dire.

Ho-ichi, éperdu, lui raconta toute l'histoire. Il dit qu'il s'était rendu dans un grand palais, ou un temple, au sommet d'une colline pour y conter l'histoire du clan Heike à des personnes de haute naissance.

— Une nuit de plus, et j'aurais touché une grosse récompense. Mais vos serviteurs ont tout gâché. J'ai tout perdu !

— Non, Ho-ichi, non. Je pense, au contraire, qu'ils t'ont sauvé la vie. Car ce n'est pas à des vivants que tu as récité le conte, mais aux fantômes du clan Heike.

Il ajouta d'une voix plus grave :

— Malheureusement, quand ils reviendront te chercher cette nuit, sachant que tu connais leur secret, ils te tailleront sûrement en pièces. Enfin, je pense, ils l'auraient fait de toute façon. En cette dernière nuit, je suis sûr qu'ils avaient prévu de t'emmener avec eux. Laisse-moi réfléchir. Il doit bien y avoir un moyen. Hum ! J'ai un plan. Seulement, Ho-ichi, tu dois être fort. Tu dois être courageux. Et faire exactement ce que je te dirai. Écoute-moi bien. Il faut absolument que je m'absente cette nuit, je ne reviendrai qu'au matin. Mais mes serviteurs vont peindre des paroles sacrées sur ton corps, pour te rendre invisible aux esprits. Ensuite, tu te mettras à ta place habituelle sur le plancher. Et cette nuit, quand les fantômes reviendront, tu ne devras donner aucune signe de vie. Ni te lever, ni répondre, ni faire le moindre geste. Quoi qu'il arrive, garde une immobilité de statue. Les fantômes, ne te trouvant pas, repartiront comme ils sont venus, et tu en seras délivré pour toujours. Maintenant, je dois y aller, mon ami. Je serai de retour au matin. Courage donc, et au revoir !

Le prêtre partit. Ses assistants peignirent alors les mots d'un texte sacré sur tout le corps de Ho-ichi, sur ses mains, ses paumes, ses doigts, son crâne rasé, son visage, ses paupières même. Puis ils conduisirent Ho-ichi au fond du temple et l'y laissèrent. Ils fermèrent la porte à clé et allèrent se cacher dans les pièces du sanctuaire les plus éloignées.

La nuit était chaude et moite, sans le moindre souffle pour agiter les feuilles. La sueur coulait sur les yeux de Ho-ichi et le long de son cou. Au loin, une cloche sonna minuit. Le portail s'ouvrit largement avec un craquement, et des pas lourds martelèrent le sol. L'aveugle perçut le raclement et le cliquetis de l'armure, le claquement métallique de la garde du sabre sur la cotte de maille du samouraï et le grattement de la jugulaire de son casque.

La peur monta en Ho-ichi comme une vague et le submergea. Tout son corps tremblait et son cœur battait si fort que l'aveugle aurait cru un tambour résonnant dans la nuit. Il était sûr que le samouraï fantôme, en entendant ce battement, le découvrirait. Mais il ne pouvait rien faire pour le contenir. Il demeura assis, le corps et les vêtements trempés de sueur. Les pas s'arrêtèrent juste devant lui et une voix de fer prononça :

— HO-ICHI !

Mais Ho-ichi ne dit rien. Les pas firent le tour de son corps, puis ils s'arrêtèrent derrière lui.

— Hum ! reprit la voix. Je ne vois pas l'homme. Où peut-il bien être ? Mais j'aperçois quand même deux oreilles. Je vais ramener ces oreilles à mon seigneur pour lui prouver que j'ai accompli ma mission.

Deux poings semblables à des étaux de fer saisirent les oreilles de Ho-ichi et craaaac! les arrachèrent.

Ho-ichi ne cria pas, ne bougea pas. Il demeura immobile tandis que le sang chaud giclait sur ses joues et inondait sa robe.

Les pas de fer s'éloignèrent. Le portail se referma. Le silence de la nuit retomba.

Au matin, le prêtre revint, une lanterne voilée à la main. Comme il parcourait les dalles de pierre qui menaient à l'arrière du temple, ses pieds glissèrent sur quelque chose d'humide. Qu'est-ce que cela pouvait bien être? Il se pencha, regarda, et vit... du sang.

— Ho-ichi! appela-t-il, en courant aussi vite qu'il pouvait, Ho-ichi!

Ho-ichi gisait sur le sol, couvert de sang, les mains pressées contre les côtés de sa tête.

— Ho-ichi! cria le prêtre, parle-moi, réponds-moi!

Quand Ho-ichi entendit la voix du prêtre, il lui raconta en gémissant ce qui lui était arrivé.

— C'est ma faute, s'exclama le prêtre affligé.

Je n'aurais jamais dû te laisser. Mes serviteurs ont commis une terrible erreur. Ils ont oublié de te peindre les oreilles, et le guerrier fantôme les a vues. Mais, Ho-ichi, ton courage est admirable. Tu as tenu bon dans l'obscurité. Maintenant te voilà délivré de ces spectres. Ta vie va changer. Viens, je vais panser tes blessures.

Il emmena Ho-ichi dans le temple et le soigna. Quelque temps plus tard, quand les plaies se furent cicatrisées, Ho-ichi reprit son *biwa* et recommença à jouer, à psalmodier l'histoire du clan Heike. Et il y ajouta celle de sa rencontre avec les fantômes du clan. De nombreux nobles et samouraïs venaient l'écouter. Il devint ainsi riche et célèbre. Mais on ne l'appelait plus simplement Ho-ichi. On ne le connut plus autrement que comme Ho-ichi le Sans-oreilles.

4. La femme de neige

Dans le clair de lune glacé
Les petits cailloux
Craquent sous les pieds.
Buson

C'est l'auteur américain du recueil qui a donné à La femme de neige *cette fin poignante, où une femme, au nom de l'amour qu'elle porte à son mari et à ses enfants, renonce à mettre à exécution sa terrible menace.*

Il y a bien longtemps de cela, un pauvre bûcheron et sa mère vivaient dans une petite cabane à l'orée de la forêt.

Chaque jour, le bûcheron allait dans la forêt abattre des arbres morts. Il coupait les branches, débitait le bois en bûches de même longueur qu'il nouait en fagots. Ensuite, il ramenait les fagots au village et les vendait pour faire du feu. C'est ainsi qu'il gagnait sa subsistance et celle de sa mère.

Un hiver, une violente tempête ensevelit le village sous la neige. Tout le bois disponible à proximité avait déjà été ramassé. Aussi, à la première accalmie, le jeune bûcheron dut s'enfoncer loin dans la forêt en compagnie d'un bûcheron plus âgé. Ils abattirent et élaguèrent un arbre de belle taille. Pendant qu'ils travaillaient, la neige se remit à tomber. Rapidement, ils lièrent leurs fagots et les chargèrent sur leur dos, puis, courbés sous la charge, ils prirent le chemin du retour.

Le vent soufflait et la neige tourbillonnait autour d'eux. Ils étaient presque aveuglés par les gros flocons blancs qui se collaient sur leurs yeux comme des plumes. Le vent les perçait jusqu'aux os à travers leurs manteaux de paille, les congères s'amoncelaient autour d'eux, et leurs traces ne tardèrent pas à disparaître sous le manteau blanc. Les deux hommes s'étaient égarés, et la nuit approchait. Il leur fallait trouver d'urgence un gîte, sinon ils mourraient. Une rivière qui charriait des glaçons leur barra le chemin. S'ils essayaient de la traverser à la nage, ils périraient gelés. C'est alors que non loin, sur le rivage, ils aperçurent une vieille cabane de pêcheur à l'abandon. Ils y pénètrent, vacillant de fatigue, refermèrent la porte et la bloquèrent avec un bout de bois. Mais la cabane était si vermoulue que le vent passait par les fentes des murs. Pour s'en protéger, ils entassèrent autour de leurs corps le bois qu'ils avaient ramassé. Enfin, toujours frissonnant, ils glissèrent dans le sommeil.

Vers le milieu de la nuit, le jeune bûcheron se réveilla. La porte de la cabane était ouverte. Le vent était tombé, laissant la place à un profond silence. Et, dans la lumière de la lune, se découpait la silhouette d'une femme d'une grande beauté. Son visage, ses mains et sa robe étaient blancs comme la neige, tandis que ses yeux et ses cheveux étaient noirs comme la nuit. Le jeune bûcheron crut rêver.

La femme se glissa silencieusement dans la cabane, sans bouger les pieds. On aurait pu croire qu'elle n'en avait pas. Elle vint vers le vieux bûcheron, s'agenouilla à son chevet et souffla sur lui. De sa bouche sortait une espèce de brume, avec un son qui rappelait le sifflement du vent chargé de neige : ouhou-houhhhh. Et ce que touchait son souffle se couvrait de glace. Le vieil homme ne tarda pas à mourir gelé.

Ensuite, la femme se leva et glissa vers le jeune bûcheron. Elle se mit à genoux à ses côtés, rapprochant toujours plus de lui son beau visage. Le jeune homme lui tourna le dos, et une larme roula sur sa joue. Alors, la femme pâle sourit, et ce sourire dévoila au bûcheron des dents longues, blanches et pointues comme des aiguilles de glace. D'une voix aussi feutrée que la neige qui tombe, elle dit :

— Tu es si jeune, si jeune. Et si beau. Je vais donc t'épargner. MAIS, ajouta-t-elle d'un ton coupant qui lui glaça le sang, ne dis à personne, même à ta mère, ce que tu as vu cette nuit. Si tu viens à en parler, je le saurai dans l'instant. Je reviendrai alors et te ferai regretter de n'être pas mort cette nuit en même temps que le vieil homme.

Au-dehors, le vent hurlait, la porte battait. La femme se leva, sortit et disparut. Le jeune bûcheron s'élança vers la porte, la ferma, la coinça et se recroquevilla dans l'angle, tout frissonnant.

Les villageois le découvrirent au matin blanc de peur, en compagnie du vieil homme mort. Ils ramenèrent le jeune homme au village, mais il ne leur dit rien des événements de la nuit. Et, de tout l'hiver, il refusa de retourner dans la forêt. Ce fut seulement quand le printemps revint, avec les fleurs et les feuilles, l'herbe et le chant des oiseaux, qu'il retrouva son courage. Il reprit sa hache et alla dans la forêt abattre des arbres morts, coupant les branches et ramenant des fagots pour sa subsistance et celle de sa mère.

Un soir de printemps, alors que le jeune bûcheron revenait un fagot sur le dos, il fit la rencontre d'une jeune femme. Elle était pâle, mince et jolie. Elle lui dit que ses parents étaient morts et qu'elle faisait route vers une ville lointaine, où elle avait de la famille qui l'aiderait à trouver du travail.

Le jeune homme lui dit :

— Une fille belle et séduisante comme toi ne doit pas voyager seule le soir dans cette forêt, où tu peux tomber sur des voleurs, des bandits, des hommes cruels et brutaux… voire pire. Non. Viens plutôt avec moi dans la cabane où j'habite avec ma vieille mère. Tu partageras notre repas et passeras la nuit chez nous en sécurité. Puis, au matin, si tu dois repartir, tu pourras traverser cette forêt à la lumière du soleil.

La fille l'accompagna. Elle lui dit s'appeler Yuke, ce qui signifie « neige », et le remercia pour sa bonté. Elle plut à la mère du bûcheron et parut parfaitement à sa place dans la petite cabane. Quand le soleil se leva, il était clair qu'elle ne partirait pas, car elle et le jeune bûcheron étaient tombés amoureux l'un de l'autre. Bientôt ils se marièrent et eurent des enfants : deux garçons et une fille. Quand son terme vint, la vieille mère mourut en paix, car sa vie avait été heureuse. Elle avait une charmante belle-fille et de gentils petits-enfants. Quant au bûcheron, il était heureux lui aussi. Il avait une femme plaisante autant par le cœur et l'esprit que par le visage. Elle semblait toujours aussi jeune et jolie qu'au jour de leur rencontre. Ou du moins c'est ainsi qu'il la voyait.

Une nuit d'hiver, peu avant le nouvel an, le bûcheron et sa femme étaient en train de préparer ensemble les cadeaux pour les enfants. Ils avaient peu d'argent, mais leur amour était fort et ils étaient habiles de leurs mains. Ils fabriquaient eux-mêmes ce qu'ils ne pouvaient acheter. Le bûcheron tressait des sandales de paille pour leurs enfants, et sa femme leur cousait de petits kimonos.

Tandis que Yuke était à sa couture, la lumière blafarde de la lampe à huile tomba sur son visage. Le bûcheron la contempla un moment, sidéré. Yuke lui sourit :

— Qu'as-tu donc, cher époux ?

— Oh ! dit-il d'un ton bizarre, j'avais oublié.

— Oublié quoi ? lui demanda-t-elle.

— Une fois, répondit-il lentement, il y a des années de cela, peut-être était-ce en rêve, je ne sais plus bien maintenant depuis le temps, il me semble que j'avais vu une femme aussi pâle et belle que toi maintenant dans la lumière de cette lampe.

— Oh ! fit la femme en posant son ouvrage, raconte-moi cela.

Et le bûcheron entreprit de lui parler de cette nuit d'autrefois, où la femme de neige était entrée dans la cabane et avait soufflé sur le vieillard, le transformant en cådavre raidi.

En l'écoutant, sa femme se contracta, mais elle reprit sa couture. Cependant, avec chaque mot du bûcheron, son visage devenait de plus en plus solennel et grave.

Quand il eut fini son histoire, elle venait elle aussi de terminer le dernier des vêtements. Elle coupa le fil avec ses dents. Elle plaça délicatement le petit kimono sur la natte à côté des autres et caressa les trois kimonos de sa fine main pâle. Dehors, le vent s'était remis à souffler. Elle se dressa. Son visage, puis ses mains, puis sa robe devinrent blancs comme la neige.

D'une démarche glissante, elle vint au bûcheron qui demeurait figé sur son siège, les yeux écarquillés d'incrédulité et d'effroi.

— Ce n'était pas un rêve, gémit-elle. C'était

moi, cette nuit-là. Et je t'avais dit de n'en parler à personne. Maintenant que tu l'as raconté, je devrais te faire périr d'une mort horrible, comme je te l'avais promis. Mais j'en suis incapable. Quelle tristesse ! Le charme est rompu ! Je ne peux plus rester. Pourquoi as-tu parlé ? Maintenant, je dois partir, quitter ma maison et mes enfants.

Elle se tourna vers la chambre où dormaient les enfants, et murmura, alors que le vent soufflait toujours plus fort :

— Portez-vous bien, mes petits chéris, je veillerai toujours sur vous.

Puis, tournant ses yeux vers le bûcheron, elle ajouta d'une voix qui sifflait comme une tempête de neige :

— Mais je te préviens, prends bien soin des enfants. Si jamais j'apprends que tu as touché au moindre de leurs cheveux, je reviendrai et ferai ce que j'avais promis !

Elle glissa silencieusement vers la porte. Dehors, le vent hurlait. La porte s'ouvrit d'un coup, la jeune femme la franchit, se dressa dans les gémissements de la tempête et disparut.

Tout cela est arrivé il y a bien longtemps.

Maintenant encore, par les nuits d'hiver, on peut distinguer une voix dans les plaintes du vent. C'est la femme de neige qui pleure son foyer et ses enfants perdus.

5. Kogi

Sur la grève à marée basse
Tout ce que nous ramassons
Remue.
Chiyo-ni

L'histoire de Kogi le prêtre est très ancienne. On la trouve dans un recueil du Xe siècle. Sous sa forme originale, elle commence par le réveil de Kogi, qui raconte ensuite tout ce qui lui est arrivé depuis sa rencontre avec la carpe.

Il était une fois un prêtre du nom de Kogi. Il avait la passion de tout ce qui vit, et les poissons, en particulier, avaient droit à toute sa tendresse. Beaucoup trouvaient cela bizarre, car les poissons sont froids. Pourtant, même quand Kogi peignait des oiseaux ou des fleurs, on trouvait toujours dans ses toiles un ruisseau, une rivière ou un lac, où l'on était sûr d'apercevoir au moins un poisson.

Pour améliorer la ressemblance de ses peintures, Kogi avait pris pour habitude d'aller sur le rivage du lac voisin et de payer un pêcheur pour qu'il mette ses prises dans un grand baquet ; le prêtre pouvait alors les observer et les dessiner. Leurs corps ondulants, leurs écailles argentées et leurs nageoires battantes fascinaient Kogi. Mais au bout d'un moment, celui-ci sentait que les poissons avaient peur et aspiraient à retrouver leur liberté. Aussi, quand il avait fini de les peindre, il les remettait dans le lac. Déjà, en vrai disciple de Bouddha, il ne mangeait pas de viande. Mais en plus, il avait renoncé au poisson. La seule idée d'en consommer lui crevait le cœur.

Un soir, Kogi, à peine couché, sombra dans un profond sommeil. Mais, incommodé par une forte chaleur, il se retrouva, sans savoir comment, au bord du lac. La fraîcheur de l'eau était si tentante qu'il retira ses vêtements et plongea. Le bain lui fit grand bien. Au bout d'un moment, il remarqua avec quelle facilité les poissons nageaient et ne put s'empêcher de les envier. Il avait toujours pensé, jusque-là, que les poissons, aussi beaux qu'ils fussent, étaient des créatures de beaucoup inférieures aux êtres humains. Mais maintenant qu'il les observait dans leur élément, ils lui parurent surpasser grandement les hommes en liberté et en aisance.

Soudain, une grande carpe dorée surgit des profondeurs vertes du lac.

— Ami Kogi, dit-elle, tu es très bon pour nous. En récompense, nous te proposons de te transformer en poisson pour trois jours. Cela te plairait-il ?

— Oh ! oui, répondit Kogi, qui voulait jouir de la même liberté que le poisson dans l'eau.

— Attends ici, reprit la carpe aux écailles dorées, je reviens.

D'un battement de queue et d'un glissement de nageoire, elle redescendit, se fondant dans les mystérieuses profondeurs vertes.

Kogi resta un moment à flotter paresseusement sur l'eau, puis il jeta un coup d'œil sous la surface. Loin en dessous, il vit monter rapidement dans l'eau verte une sorte de point doré, dans lequel il reconnut bientôt la grande carpe aux écailles lumineuses.

— Prêtre Kogi, dit-elle, tout est arrangé. Le Maître des eaux est d'accord. Pendant trois jours tu seras l'un de nous. Mais je dois te transmettre un avertissement, et tu dois me promettre de t'y conformer.

— Je ferai comme tu me le diras, assura Kogi au poisson d'or.

— Ne mange aucune nourriture accrochée à un hameçon.

— Promis ! dit le prêtre.

— Très bien, fit la carpe. Ton vœu va se réaliser pour trois jours. Nage libre, nage profond. Adieu, ami Kogi !

D'un coup de nageoire, la carpe dorée disparut au milieu d'un essaim de bulles.

Kogi n'avait plus besoin de remonter à la surface pour respirer, ni de lutter contre les vagues. Il fendait le flot sans effort dans la direction qu'il avait choisie. Il plongea de plus en plus bas vers les profondeurs obscures du lac, où l'attendaient des cités de corail doré et des joyaux, ou ce qu'il prenait pour tels. Peut-être ces merveilleuses constructions n'étaient que des rochers couverts d'algues, mais le poisson Kogi les trouvait splendides.

Il revint vers la surface et, durant une tempête, chevaucha les vagues déferlantes dans l'obscurité de la nuit. Des éclairs zébraient le ciel, ponctués de coups de tonnerre. Kogi, grisé, replongea dans le calme des profondeurs.

Le jour venu, Kogi longea le rivage. Il vit les barques de pêcheurs rangées le long des appontements. Il vit des vaisseaux marchands et des hommes qui les chargeaient et déchargeaient. Il vit des commerçants qui ouvraient leurs boutiques dans les rues étroites qui avoisinaient les quais. Des ouvriers partaient au travail, des enfants couraient et jouaient, des mères passaient sans hâte. Plus tard, il observa des gens pique-niquant dans le parc, des navires levant l'ancre, hissant les voiles et prenant la mer. À la tombée de la nuit, il regarda la lune monter lentement au ciel, tandis que des torches s'allumaient, brûlant et fumant tout au long du rivage. Tout cela, il le voyait avec des yeux neufs. Tout lui paraissait maintenant étrange, surprenant, nouveau.

Ainsi s'écoulèrent deux jours et deux nuits d'enchantement. Au troisième jour, Kogi sentit la faim, qui devint bientôt si forte qu'il lui sembla qu'il n'avait jamais eu aussi faim de sa vie. C'est alors, tout en nageant, qu'il perçut dans l'eau un arôme délicieux. Cet arôme était si appétissant qu'il ne put s'empêcher de se diriger vers lui. Et il aperçut un petit hameçon qui flottait, avec un morceau de nourriture enroulé autour. « Je ne risque rien, se dit Kogi stupidement, puisque je suis un homme. D'ailleurs, je connais ce pêcheur. L'hameçon appartient à Bunshi. Au pire, à supposer que je me fasse prendre, je n'aurai qu'à lui dire de me relâcher. »

Poussé par ce désir irraisonné, Kogi mordit à l'appât… et demeura accroché. Il tira, se débattit, mais en vain. Le pêcheur, déjà, le sortait hors de l'eau.

— Au secours, Bunshi, cria-t-il, libère-moi ! Je suis Kogi, le prêtre !

Mais Bunshi ne semblait pas l'entendre. Au contraire, il se pencha, tel un géant, sur Kogi, le décrocha de l'hameçon et le jeta dans un panier. « Quelle belle prise, se dit-il, mais je n'avais jamais vu un poisson remuer ainsi les mâchoires ! »

Bunshi partit à pas rapides vers le palais du vice-gouverneur. Kogi avait déjà de la peine à respirer. Sa peau le brûlait. Mais il continuait à voir et à entendre distinctement.

Bunshi montra sa prise au cuisinier. Celui-ci s'exclama : « Quel beau poisson ! » et l'acheta aussitôt. Puis il emporta Kogi-poisson et traversa la grande salle où le vice-gouverneur était en train de couper une pêche avec un couteau d'argent tandis que ses frères jouaient au go*.

— Voici le dîner de ce soir, maître, dit-il en présentant le poisson. Les deux frères applaudirent. Arrivé à la cuisine, le cuisinier déposa Kogi sur le billot et saisit un couteau.

— Non, criait Kogi éperdu, je suis Kogi le prêtre. Ne me…

Le couteau s'abattit. Kogi ressentit une douleur fulgurante, puis plus rien.

Lentement, Kogi rouvrit les yeux. Il était

* Au go, les deux joueurs ont des pions blancs et noirs qu'ils déplacent sur un damier pour y occuper le plus d'espace possible.

étendu dans son lit, un moine de son temple assis à son chevet.

— Maître, s'exclama le moine, vous êtes donc vivant ?

— Depuis combien de temps suis-je ici ? demanda Kogi d'une voix faible.

— Depuis trois jours, maître. Vous étiez en syncope. Nous étions impuissants à vous réveiller. Nous ne sentions même plus votre cœur battre. Nous pensions tous que vous étiez mort. Mais comme nous percevions une chaleur autour de votre tête, nous ne pouvions nous décider à vous enterrer.

— Je vous en remercie, dit Kogi, car autrement je serais mort pour de bon et vous n'auriez jamais entendu une histoire fort intéressante. Appelle les autres et prie le vice-gouverneur et ses frères de venir eux aussi. Tu les trouveras en train de jouer au go et de prendre le thé. Amène aussi leur cuisinier et le pêcheur Bunshi. Ce que j'ai à dire les concerne également.

Une fois tous rassemblés et le thé servi, Kogi leur conta son étrange histoire.

— Maître ! s'exclama Bunshi horrifié quand Kogi raconta sa capture. C'est la vérité. Les lèvres du gros poisson que j'ai pêché ce matin remuaient. On aurait dit qu'il parlait, je l'ai bien remarqué. Mais aucun son ne sortait.

— Tu m'as bien décroché de l'hameçon, n'est-ce pas ? poursuivit Kogi. Et tu m'as mis dans un panier. Puis tu m'as apporté chez le vice-gouverneur Taira.

— Oui, maître, fit Bunshi, qui pâlissait à ce souvenir, c'est bien comme vous le dites.

— Je ne pouvais pas respirer, dit Kogi. Ma peau me brûlait, et je n'oublierai jamais la folle envie d'eau fraîche qui me possédait. Les frères du vice-gouverneur étaient en train de jouer au go et de boire du thé.

— C'est exact, acquiescèrent le vice-gouverneur et ses frères.

— Et toi, vice-gouverneur, tu coupais une pêche avec un couteau d'argent. Tes frères applaudirent quand ils virent le poisson que le cuisinier venait d'acheter pour votre dîner.

— Tout cela est bien vrai, dit le vice-gouverneur, mais comment peux-tu le savoir ?

— Mon ami, ce n'est pas le fruit de mon imagination. Tout est vrai parce que j'y étais. C'était moi le gros poisson que Bunshi a vendu à votre cuisinier. Quand Bunshi m'a tiré du panier pour me montrer à toi, le superbe poisson, c'était moi.

— Oh ! maître, fit Bunshi en sanglotant, je vous ai vendu !

— Maître, dit le cuisinier bouleversé, moi aussi j'ai vu les mâchoires du poisson remuer. C'était un gros poisson, maître. On aurait dit qu'il cherchait à parler, mais je n'ai entendu aucune parole. Je vous en supplie, maître, pardonnez-moi !

— Oui, continua Kogi posément, je me souviens de cela aussi. Je hurlais : « Non, ne me tue pas, je suis Kogi le prêtre ! »

— Oh ! maître, que dois-je faire ? Si ce que vous dites est vrai, j'ai assassiné un disciple de Bouddha, c'est un crime inexpiable.

— N'aie crainte, le rassura Kogi. Ce qui est passé est passé. Tu ne pouvais pas savoir. Quand le couteau s'abattit, je ressentis une douleur horrible. Tout ce que je sais ensuite, c'est que je me suis réveillé ici. Ainsi, tous les détails de mon histoire sont bien exacts ?

— Absolument, approuvèrent les auditeurs d'une seule voix.

— Donc, murmura doucement Kogi, c'est que ce n'était pas un rêve.

Les visiteurs partirent, le vice-gouverneur et ses frères promettant que le corps du poisson serait remis intact dans le lac. Effectivement, le lendemain, un service funèbre fut célébré par Kogi en personne à la mémoire du poisson, et son corps fut rendu aux flots.

Kogi reprit ensuite sa vie normale, peignant des poissons à ses moments de loisir.

Ses peintures avaient toujours été remarquables. Mais désormais, elles étaient d'une telle vérité que les gens disaient que si une des toiles tombait un jour à l'eau, les poissons qui y étaient représentés se mettraient aussitôt à nager.

Et de fait, bien des années plus tard, longtemps après la mort de Kogi, une charrette qui transportait ses œuvres vers un temple voisin tomba dans l'eau. Les poissons peints sur les toiles secouèrent aussitôt leur queue, tournèrent leurs nageoires, glissèrent du papier et se mirent à nager.

Si bien que, malheureusement, cette histoire est tout ce qui nous reste pour juger de l'art miraculeux de Kogi.

6. La fille oiseau

Un jour de joie sereine
Le mont Fuji est voilé
Par un écran de pluie.
Basho

Le conte de La fille-oiseau *fait ressortir, malgré la tristesse de la séparation, la force des liens d'affection qui se sont tissés entre un oiseau et un vieux couple humain.*

Il y a bien longtemps vivait un vieux couple solitaire en bordure d'un marécage. Il était laborieux, mais pauvre.

Un jour, l'homme partit récolter des plantes des marais que sa femme cuisinait pour les repas. Comme il revenait chez lui, il entendit un cri aigu et des bruits de lutte. Écartant les hautes herbes qui bordaient le chemin, il s'avança prudemment dans le marais. Les sons – des claquements, des battements et une sorte de ronronnement – venaient de plus loin. La curiosité l'emportant sur la peur, il continua à marcher et finit par apercevoir sur le sol devant lui une grande grue blanche dont la patte était prise dans un piège et qui se débattait désespérément pour essayer de s'échapper. Son bec s'ouvrait et se fermait avec des claquements. Ses yeux grands ouverts exprimaient douleur et frayeur. Ses ailes étaient tachées de boue. L'homme n'avait jamais vu une créature sauvage manifester un tel désespoir, et son cœur s'émut de pitié. Il s'approcha de l'oiseau avec des paroles rassurantes. La grue comprit qu'il ne lui voulait pas de mal, et elle se calma. L'homme, évitant tout geste brusque, s'approcha, se pencha vers le piège, libéra la patte de la grue et se recula.

La grue se redressa, fit jouer sa patte blessée et, sans bouger, fixa l'homme. Puis elle ouvrit les ailes, en battit l'air une fois, deux fois, s'arracha au sol boueux et s'envola.

L'homme resta à regarder le grand oiseau blanc s'éloigner dans le ciel. Sa beauté lui arracha des larmes. « Je dois bien observer et retenir tous les détails de cette aventure, se dit-il, pour que je puisse les rapporter exactement à ma femme et que celle-ci jouisse de ce spectacle avec moi. »

— Tu as mis bien longtemps, lui dit sa femme quand il revint. Je commençais à me faire du souci. Tout s'est bien passé ?

— Tout s'est passé on ne peut mieux, ma chère épouse. Il m'est arrivé une curieuse aventure et j'ai été témoin d'un bien beau spectacle. Laisse-moi seulement retirer mes sandales et m'asseoir, et je te raconterai tout.

Il lui dit sa découverte d'une grue prise au piège, la frayeur et la souffrance de l'oiseau, la grande joie qu'il avait éprouvée en le regardant partir.

— Mon cher époux, je suis ravie que tu aies pu aider cette créature sauvage. C'est un merveilleux spectacle que de voir une grue quitter le sol boueux pour s'élancer vers le ciel.

— C'en était un, tu sais. Je te l'ai raconté

de mon mieux, car tu aurais aimé y assister, et j'étais très désireux de te le faire partager.

Elle remercia son mari et fit cuire les plantes qu'il avait rapportées. Ils mangèrent leur riz, burent leur thé. Quand il se fit tard et que la lune se leva dans l'obscurité pour traverser le ciel nocturne, ils laissèrent le feu s'éteindre et s'endormirent.

Le matin suivant, ils entendirent frapper à la porte. La femme ouvrit et vit une jeune fille.

— Je me suis égarée, dit-elle. Pourrais-je entrer ?

— Bien sûr ! Entre donc, mon enfant, dit la vieille femme. Tu prendras bien une tasse de thé. Assieds-toi !

La fille entra. Elle était seule au monde, raconta-t-elle et, après avoir bu le thé et mangé le riz que le vieux couple lui avait servis, elle avoua :

— Je voudrais bien rester ici avec vous. Je suis travailleuse. J'en ai assez de vivre seule. Vous êtes très gentils. Permettez-moi de demeurer avec vous.

Le vieux couple avait toujours désiré avoir une fille, aussi furent-ils d'accord.

— Merci, reprit la fille. Je pense que vous ne le regretterez pas.

Elle promena des yeux curieux autour d'elle. Son regard se glissa dans la pièce voisine et son visage s'éclaira :

— Je vois que vous avez un métier à tisser. M'autoriseriez-vous à m'en servir de temps en temps ?

— Fille, répondit la femme, tout ce que nous possédons est à toi. Bien sûr, tu peux utiliser le métier à tisser.

— Seulement, ajouta la fille, je suis très timide quand je travaille. Je vous en prie, mère, je vous en prie, père, ne regardez pas ce qui se passe dans la pièce tant que je suis à mon ouvrage. Pouvez-vous me le promettre ?

— Il en sera fait selon ton désir, enfant.

Le jour d'après, leur nouvelle fille leur dit qu'elle voulait aller tisser. Elle ferma la porte de la pièce, et ses parents s'abstinrent d'y pénétrer le temps qu'elle y travailla. Toute la journée le vieux couple entendit la navette claquer et ronfler, les bobines de fil tourner.

Au coucher du soleil, la tisseuse émergea, pâle et épuisée. Mais elle tenait dans les mains la plus belle étoffe que le vieux couple ait jamais vue. Le dessin était parfait, les couleurs lumineuses. Le tissu représentait des vues du marais, le soleil et le vol élégant des grues.

— Mère, père, emportez ce tissu au marché et vendez-le. Avec l'argent que vous recevrez, votre existence deviendra plus facile. Je veux faire cela pour vous.

Les vieux étaient stupéfaits du talent de leur fille. Le lendemain, l'homme emporta l'étoffe à la ville. Aussitôt les acheteurs se disputèrent le tissu, qui fut finalement vendu pour trois ry d'or, une somme inouïe.

Ce soir-là, grâce à une toute petite partie de l'or obtenu, les vieux et leur fille revêtirent des kimonos neufs et firent un repas plantureux. Ils vécurent ainsi dans l'aisance pendant plusieurs mois, jusqu'à ce que tout l'argent fût dépensé.

Alors, la fille retourna au métier à tisser, ferma la porte et se mit à l'ouvrage. Clac, clac, clac, rrron-rrron-rrron. Des heures plus tard, elle ressortit, pâle et lasse. Elle tenait dans ses bras une étoffe luisant comme de l'argent, qui représentait la lune et les étoiles, avec des reflets de soleil et de lune qui dansaient sur les eaux. Le vieux couple demeura pétrifié à la vue d'un ouvrage d'une si extraordinaire beauté.

La fille leur dit, cette fois encore :

— Mère, père, ne gardez pas ce tissu. Je peux en faire d'autres. Allez le vendre et utilisez l'argent pour assurer vos vieux jours.

Le vieux repartit donc pour la ville. Les commerçants, émerveillés, firent des propositions plus avantageuses les unes que les autres, et l'étoffe fut finalement vendue pour six ry d'or.

La famille connut une existence heureuse pendant de nombreux mois, mais le jour vint où il ne resta rien de l'argent reçu. La jeune fille se remit au métier à tisser. Mais sa mère et son père n'y tenaient plus de curiosité. Pourquoi ne pouvaient-ils jeter au moins un coup d'œil dans la pièce ? Ils décidèrent de regarder en cachette par une fente du mur. Si leur fille ne les voyait pas, réfléchirent-ils, elle ne se sentirait pas gênée.

Clac, clac, clac, rrron-rrron-rrron. L'homme et la femme s'approchèrent du mur à pas feutrés, s'agenouillèrent et glissèrent leur regard par une mince fente du mur de papier. Ils virent devant le métier une grue blanche qui, de son long bec, arrachait des plumes de sa poitrine et de ses ailes pour les tisser. La grue se tourna vers la fente et jeta un regard désolé de son grand œil noir. L'homme et la femme culbutèrent en arrière, mais il était trop tard. Ils étaient découverts.

Plus tard, quand la porte de la pièce se rouvrit, leur fille en surgit, pâle et épuisée, portant une pièce de tissu étincelante. On y voyait le coucher du soleil, le lever de la lune, les arbres d'automne, la longue migration des grues. Y figuraient également un homme et une femme qui regardaient une grue en train de s'éloigner.

— Père, mère, leur dit-elle, je comptais rester toujours avec vous. Mais vous m'avez vu sous mon véritable aspect. Je suis la grue prise au piège que tu as sauvée, père. Je voulais vous récompenser de votre bonté. Je ne vous oublierai jamais, mais maintenant que vous savez la vérité, je ne peux demeurer davantage avec vous.

L'homme et la femme éclatèrent en sanglots, suppliant la jeune fille de rester.

— Nous t'aimons, ne nous laisse pas. Peu nous importe que tu sois un oiseau. Tu es notre fille. Nous ne le dirons à personne.

— Trop tard, murmura la fille. Les marais

m'appellent. Le ciel m'appelle. Le vent dans les arbres prononce mon nom. Je dois leur obéir. C'est peut-être mieux ainsi. J'ai payé ma dette. Je ne vous oublierai jamais. Adieu !

Elle sortit de la cabane et s'arrêta. L'homme et la femme, admiratifs, virent leur belle fille pâle se transformer en une splendide grue blanche qui battit des ailes une fois, deux fois, trois fois, s'éleva lentement au-dessus du sol, décrivit un cercle et s'éloigna.

— Adieu, dirent l'homme et la femme en voyant la grue disparaître au-dessus du marais. Nous te regretterons, fille, mais nous sommes heureux que tu sois libre.

Par la suite, à chaque passage des grues, le vieux couple plaçait devant sa porte une assiette d'argent pleine de grains. Et chaque année, une belle grue venait picorer les grains.

Telle est la fin de l'histoire.

7. Le pin d'Akoya

J'ai entendu une flûte sans joueur
Dans les ombres profondes des arbres
Du temple de Suma.

Basho

Le pin d'Akoya *est un conte peu connu, que l'auteur américain du recueil a enrichi de nouveaux détails, comme celui de la flûte, symbole d'un amour mystérieux et impérissable.*

Il y a plus de mille ans vivaient un gouverneur du nom de Fujiwara Toyomitsu et sa fille Akoya. Celle-ci était aussi charmante que bonne musicienne.

Chaque nuit, et surtout si la lune brillait, Akoya aimait s'installer près du plancher de bois poli, juste derrière le *shoji*, ou panneau coulissant, ouvert. Le visage tourné vers le jardin, elle jouait d'un instrument à cordes, le koto. Les sons montaient dans la nuit et résonnaient longuement. Akoya avait l'impression que les buissons et les arbres se balançaient et que leurs feuilles bruissaient au rythme de la mélodie.

Un soir que son père était parti et qu'Akoya jouait du koto au clair de lune, les sons d'une flûte retentirent non loin de là, en accord parfait avec ceux du koto. Le cœur d'Akoya se mit à battre d'émotion et d'admiration. Puis la musique s'arrêta. La jeune fille n'entendit plus que le vent passant dans les feuillages. Elle espérait que le joueur de flûte se montrerait. Mais en vain.

La nuit suivante, Akoya revint jouer. La nuit était sereine, la lune brillait. La jeune fille faisait passer dans sa musique ses sentiments profonds, son amour pour le jardin, sa quête d'une véritable amitié, la tristesse que lui inspirait toujours la mort de sa mère, survenue deux ans auparavant. Les nuages, la lune, les fleurs et les arbres semblaient l'écouter. Puis, de l'obscurité veloutée de la nuit émergèrent de nouveau les sons de la flûte mystérieuse. Sa mélodie, tendre et inquiétante à la fois, se modelait sur celle du koto. Les deux instruments mêlaient harmonieusement leurs élans. Akoya n'avait plus le moindre sentiment de solitude.

Quand les sons s'interrompirent, elle demeura à attendre.

— Je t'en prie, prononça-t-elle, sors donc de l'ombre ! Faisons connaissance !

Du couvert des arbres surgit alors un jeune homme vêtu d'une robe verte qui tenait à la main une flûte d'argent.

— Je m'appelle Natori Taro. Je vis seul au pied du mont Chitose. Je passais par ici quand j'ai entendu ta musique. Plusieurs soirs de suite je suis revenu l'écouter, et j'ai été saisi. Jamais je n'avais rien entendu d'aussi beau. J'aspirais à jouer avec toi et, hier soir, je me suis enfin décidé à le faire.

— Tu es trop gentil, murmura Akoya.

Natori se rapprocha. Il leva sa flûte et se mit à jouer. Akoya frappa les cordes du koto. Une musique d'une beauté fascinante inonda le jardin, imposant son rythme aux arbres, aux buissons et même au scintillement des étoiles et aux évolutions des nuages. La nuit passa ainsi et, juste avant l'aube, Natori s'arrêta.

— Maintenant, ma chère Akoya, je dois m'en aller.

Akoya pâlit.

— Mais tu reviendras ? demanda-t-elle, le cœur battant la chamade.

— Si tu veux bien, répondit Natori doucement.

Akoya acquiesça.

Il revint donc le soir suivant. Une fois de plus leurs mélodies emplirent le jardin. Et leur amour grandit. Et Akoya était heureuse.

Une nuit, alors que la lumière de la lune faiblissait, Natori, assis auprès d'Akoya, se mit à parler. D'une voix qui, cette fois-ci, était empreinte de tristesse.

— Chère Akoya, je ne peux rester avec toi. Non que j'aie envie de te quitter, ou qu'il y ait quelqu'un d'autre dans mon cœur. Mais je dois rentrer dans mon pays parce que j'ai accepté d'aider mon peuple. Et une fois là-bas, je mourrai.

Akoya en perdit le souffle, mais Natori poursuivit.

— Les jours que j'ai passés ici avec toi sont les plus heureux de ma vie. Notre musique ne connaîtra pas de fin. Ne doute pas de moi. Viens au pied du mont Chitose, et tu connaîtras la vérité de mes paroles.

Natori se leva alors et franchit rapidement le panneau ouvert. En passant derrière la paroi de papier, il projeta une ombre dans la lumière d'une torche. Akoya fut frappée de stupeur. L'ombre n'était pas celle d'un homme, mais d'un pin.

Akoya s'élança dehors. Les torches fumaient et flamboyaient, mais il n'y avait plus trace de Natori. Dans le lointain résonnait sa flûte, envoûtante. Puis la mélodie s'évanouit.

Quelques jours plus tard revint le père d'Akoya.

— Ma fille, il est arrivé quelque chose d'étrange près du mont Chitose.

Quand Akoya entendit ce nom, son cœur battit très fort.

— Qu'était-ce donc? parvint-elle à articuler.

— Tu sais sans doute que le pont de la rivière Natori a été endommagé au printemps par une crue. S'il n'est pas réparé rapidement, il peut s'effondrer. On a trouvé un grand pin au pied du mont Chitose, non loin de la rivière. Il est immense, bien droit, solide, exactement ce qu'il faut pour consolider le pont. Aussi ai-je donné l'ordre de l'abattre.

— Oui, père, bégaya Akoya, continue !

— L'arbre fut abattu et élagué. Mais il est si grand et lourd que cent hommes attelés à son tronc n'ont pu le faire bouger. Je vais rassembler plus d'hommes et retourner avec eux sur place. Tu te rends compte ! Cent hommes incapables de remuer un tronc, même pas d'un pouce ! Une chose pareille ne s'était jamais vue !

— Emmène-moi avec toi, père, demanda Akoya.

Ils partirent le lendemain et, après plusieurs jours de route, parvinrent au pied du mont Chitose. Le grand pin était couché là où il était tombé. Des centaines d'hommes étaient réunis, en plus des renforts amenés par le père d'Akoya. Hommes, femmes et enfants, seigneurs et grandes dames, samouraïs, paysans, ouvriers, tous étaient venus, comme à une fête, voir ce grand tronc qu'on n'arrivait pas à déplacer.

Akoya approcha et passa ses mains sur le tronc, qui parut frissonner.

— Vous avez vu ? s'écrièrent les gens. Vous avez vu ? Le tronc a tremblé !

Les oreilles d'Akoya crurent percevoir le son d'une flûte d'argent.

— Je suis là, Natori, dit-elle doucement, et je ne doute pas de toi.

Elle se pencha, entoura le tronc de ses bras et le souleva. La foule accourut, et des centaines de bras vinrent à la rescousse. Ils transportèrent le tronc vers la rivière et le déposèrent dans l'eau, où il se mit à flotter.

— Maintenant, nous pouvons l'amener jusqu'au pont, dirent les ouvriers. Celui-ci sera réparé. C'est un miracle !

Akoya demeurait assise là où avait reposé le tronc. Le sol en avait conservé l'empreinte. Au creux de celle-ci, au milieu des herbes encore aplaties, brillait la flûte d'argent de Natori. Gravés à sa surface, comme les noms des amoureux dans l'écorce des arbres, on pouvait lire les noms d'Akoya et de Natori.

Akoya conserva toujours la flûte avec elle.

Les générations passèrent. Un autre grand pin finit par pousser au pied du mont Chitose. Il est connu jusqu'à maintenant comme le pin d'Akoya.

8. Le cadeau de la grenouille

Sous les pluies de l'été
Les grenouilles nagent
Juste derrière la porte.
Sampu

Le cadeau de la grenouille *oppose, comme dans beaucoup de contes d'Occident, une troisième fille, gentille mais astucieuse aussi, à ses deux aînées. La touche «japonaise» est apportée par l'aspect sinistre du serpent, avec sa voix sifflante et sa horde de guerriers.*

Un paysan, longeant un champ, aperçut une fois un serpent sur le point d'avaler une grenouille. Il cria aussitôt :

— Arrête, serpent ! Je t'en prie, laisse la grenouille partir.

Le serpent se tourna vers lui, les yeux brillants :

— Pourquoi le ferais-je ? siffla-t-il. Ou peut-être veux-tu prendre sa place ?

Après un long et sinistre sifflement, il ouvrit toutes grandes ses mâchoires.

— Non, bégaya le paysan, glacé d'effroi. Non, mais je… je te donnerai en mariage une de mes filles.

Les yeux du serpent lancèrent un éclat encore plus vif.

— Accepté, siffla-t-il, et il referma ses mâchoires avec un claquement.

Aussitôt la grenouille sauta dans la rizière et, splash, disparut. Le paysan, atterré à l'idée de ce qu'il avait fait, regardait les rides courir à la surface de l'eau.

Quand il rentra à la maison, il alla trouver sa fille aînée et lui dit :

— En échange de la liberté d'une autre créature, j'ai promis une de mes filles à un serpent. Accepteras-tu de l'épouser ?

— Jamais, père, s'exclama-t-elle. Comment as-tu pu promettre une chose pareille ?

Il s'adressa alors à sa fille cadette :

— J'ai offert à un serpent une de mes filles comme fiancée. Je voyais qu'il allait dévorer une grenouille. C'était le seul moyen de la sauver, autrement c'est moi que le serpent aurait mangé. Te dévoueras-tu ?

— Pas question, coupa-t-elle. Épouser un serpent ? On dirait que tu as perdu l'esprit !

Il alla voir sa troisième fille, mais il n'avait plus beaucoup d'espoir.

— J'ai fait une folie, avoua-t-il.

— Laquelle donc, père ? lui demanda-t-elle.

— J'ai vu un serpent qui s'apprêtait à avaler une grenouille, répondit-il, et j'ai eu si pitié d'elle que je n'ai pu m'empêcher de proposer au serpent une de mes filles pour sauver la grenouille. Serais-tu d'accord pour épouser le serpent ?

— Oui, père, répondit la benjamine. Tu as fait preuve de bonté. Simplement, avant que je me mette en route, tu m'apporteras mille gourdes et mille aiguilles.

— Ce sera chose faite demain, promit le paysan. Un grand merci à toi, ma fille !

Le lendemain matin, le paysan partit pour la ville. Il y acheta les mille gourdes et les mille aiguilles, et revint en hâte à la maison.

Vers le crépuscule, le paysan et sa fille entendirent le battement d'un tambour. Ils regardèrent vers la route et virent une grande troupe d'hommes d'armes qui venaient vers eux. Les torches qu'ils portaient jetaient des reflets sur leurs armures, les faisant briller comme des écailles. Au milieu des mille hommes de cette troupe chevauchait un puissant guerrier.

— Je suis venu chercher ta fille, annonça le beau guerrier d'une voix sifflante.

Le paysan, en larmes, emballa les gourdes et les aiguilles. Puis, comme le soleil se couchait, la pauvre fille disparut en compagnie des guerriers dans l'obscurité de la nuit.

Après plusieurs heures de voyage, ils parvinrent à un grand palais étincelant ceint d'un haut mur de pierre. Le portail s'ouvrit pour laisser passer la troupe et, aussitôt, les hommes se changèrent en serpents aux yeux luisants, aux écailles brillantes, à la langue pointée comme un dard. Ils se mirent à se contorsionner et à danser, tournant et virevoltant dans la poussière. Ils avaient l'air affamé, et la fille commençait à craindre qu'elle ne soit pas destinée à un mariage, mais à un festin dont elle constituerait le plat principal. Le seigneur serpent prit alors la parole :

— Elle est bien appétissante, cette fille, bien plus que la grenouille !

Et tous les autres serpent éclatèrent d'un rire grinçant.

La fille dit alors :

— Je suis prête à tout ce qui peut m'arriver. Mais auparavant, j'ai une requête à vous présenter. Je veux savoir ce que vous valez. Je vais vous soumettre à une épreuve simple : il faudra noyer mille gourdes et faire flotter mille aiguilles.

— Facile, sifflèrent les serpents. Distribue une gourde et une aiguille à chacun, qu'on en finisse.

La fille ouvrit son sac, et les serpents entreprirent de noyer les gourdes et de faire flotter les aiguilles. Mais les gourdes, creuses et légères, remontaient toujours à la surface, tandis que les aiguilles de fer s'enfonçaient.

Fatigués et furieux de tant d'efforts inutiles, les serpents s'agitaient de plus en plus. Profitant de la confusion, la fille entrouvrit le portail, s'y glissa et s'élança à toute vitesse dans l'obscurité. Au bout de quelque temps, elle aperçut une petite cabane dans le marais. Un feu y brûlait. Épuisée, elle frappa à la porte. Une vieille femme vêtue d'une robe verte à pois noirs lui ouvrit. Elle était petite et courtaude, mais ses grands yeux rayonnaient de bonté.

— Entre, ma chère, coassa-t-elle, tu seras ici au chaud et en sécurité. Si j'ai la voix rauque, c'est à cause de la fumée, mais ne t'inquiète pas, je te promets qu'il ne te sera fait aucun mal. Viens !

La fille entra et la vieille referma soigneusement la porte derrière elle.

— Tu vas commencer par manger, fit la vieille avec toujours la même drôle de voix rugueuse, ensuite nous bavarderons.

Elle apporta à la fille un plat chaud, du thé, du riz et plein d'autres bonnes choses. La fille dévorait sans pouvoir se rassasier.

— Raconte-moi donc tes ennuis, je pourrai peut-être t'aider.

La fille dit à la vieille tout ce qui lui était arrivé, et la vieille n'en parut ni surprise ni effrayée. Elle se contenta de glousser :

— Mille gourdes à noyer, mille aiguilles à faire flotter, c'est bien trouvé, ça ! Oui, oui, c'était vraiment une bonne idée ! Repose-toi, maintenant. Demain, je suis sûre que je pourrai t'aider à t'en sortir.

La fille était si fatiguée qu'elle s'endormit pratiquement d'un coup. Au moment où elle sombrait dans le sommeil, elle entendit des grenouilles coassant dans le marais, et leur chant lui parut mélodieux.

Au matin, la vieille prépara du thé frais, puis elle dit à la fille :

— J'ai beaucoup pensé à toi, mon enfant. Et j'ai appris des choses intéressantes. Mes amies m'ont dit que le seigneur de ces lieux se cherchait une épouse. Tu es belle, gentille et généreuse. Je suis sûre que c'est toi qui lui faut. J'ai un kimono neuf à te donner. Il est beau, n'est-ce pas ?

Et elle tendit un kimono vert clair superbement tissé, agrémenté de taches vertes et jaunes, comme une rizière. C'était vraiment un magnifique vêtement.

— Enfile-le, et nous partirons pour la ville.

En ville elles trouvèrent des centaines de jeunes filles attendant déjà devant le château. La vieille plaça la fille au bout de la file. Un intendant passa, arrêtant son regard sur chaque prétendante. « Peut-être », prononçait-il, ou bien « non ». Quand il arriva à la vieille et à la fille du paysan, il sourit :

— Voilà celle qu'il nous faut, déclara-t-il. J'en suis sûr. Vous pouvez toutes rentrer chez vous, dit-il aux autres, c'est cette jeune fille qui sera l'épouse du seigneur.

Un immense sourire éclaira le visage de la vieille. Ses grands yeux ronds clignèrent, et elle s'inclina :

— Au revoir, mon enfant, coassa-t-elle. Puis elle tourna le dos et s'éloigna en sautillant.

La fille du paysan épousa le seigneur et ils furent heureux. Son père et ses sœurs vinrent s'installer à proximité, grandement surpris que celle qui avait été promise à un serpent ait fait un si beau mariage.

Mais, après tout, elle avait sauvé la vie d'une grenouille. Et là, pensait-elle, était peut-être l'explication.

9. Le garçon qui dessinait des chats

En fermant la grande porte du temple,
Crac ! on fait venir
Une soirée d'automne.
Shiki

Dans Le garçon qui dessinait des chats, *on retrouve le thème des fantômes, déjà rencontré dans* Ho-ichi le Sans-oreilles. *Mais la force de l'art du garçon donne vie à ses dessins, qui triomphent des forces mauvaises et sauvent tout le pays de la famine.*

Il y a bien des années, un garçon habitait une ferme avec sa mère, son père, son frère aîné et sa sœur. Un automne, juste avant la moisson, en l'espace pratiquement d'une nuit, la terre sécha et les récoltes s'étiolèrent. Le fléau avait frappé avec une rapidité stupéfiante. Bien des gens se retrouvèrent dans le besoin. Le garçon et sa famille s'usaient au travail, mais ils n'arrivaient pas à récolter assez pour se nourrir.

Le jour vint où la mère et le père, le cœur brisé, durent se résoudre à confier à un temple leur plus jeune fils, le plus délicat de leurs trois enfants. Il aurait ainsi gîte et couvert assurés, et ne risquerait plus de mourir. Mais cela impliquait qu'ils ne le reverraient jamais.

Quand ils arrivèrent au temple, l'abbé leur demanda d'une voix affable ce qui les amenait.

— Nous vous supplions de nous aider, répondirent-ils. Il nous reste très peu de nourriture, et nous redoutons que notre jeune fils ne puisse survivre jusqu'à la prochaine récolte. Il a l'esprit délié et rapide. Acceptez-le comme novice, pour qu'il puisse vivre ici.

— Nous allons voir, répondit l'abbé. Il posa alors trois questions au garçon. Lesquelles, nul n'en a conservé le souvenir. Tout ce que l'on sait, c'est que le garçon y répondit si promptement que l'abbé décida aussitôt de le garder.

Les parents partirent. Le garçon demeura longtemps à la porte du temple en agitant la main. Il les vit devenir de plus en plus petits, puis disparaître tout à fait. Le garçon, alors, se sentit seul. Il ne connaissait personne, et tous ceux qui l'entouraient étaient des adultes, des étrangers à la mine sombre. Mais l'abbé lui dit :

— Tu es un garçon de talent. Accomplis les tâches dont tu seras chargé, et tout se passera bien. Telle est notre règle, ici. En dehors des heures de méditation et de récitation des soutras*, nous exécutons ensemble tous les travaux indispensables. As-tu bien compris ?

— *Haï*, fit le gamin, oui.

— Bien, conclut l'abbé. Demain, nous te mettrons à une tâche utile.

Le garçon fit un profond salut et sortit. Il

* Les soutras sont des livres qui exposent la sagesse bouddhique.

trouva une place pour dormir sur une natte du dortoir. Il déroula sa couverture, en sortit les trois objets auxquels il tenait le plus et qu'il y avait gardés en sûreté, puis il les plaça à côté de son traversin. C'étaient un pinceau à manche de bambou et aux poils fins et doux, un bâton d'encre noire séchée, dure comme du bois, et un plateau de pierre pour diluer dans de l'eau l'encre moulue en fine poudre. Le garçon adorait peindre. Et ce qu'il aimait peindre par-dessus tout, c'étaient les chats.

Le matin, le garçon se leva et s'attela avec les autres moines aux travaux qu'on lui donna, qu'il s'agît de balayer les feuilles, de fendre du bois ou d'entretenir le feu. Le jour suivant, il travailla pareillement avec les autres, et tout se passa bien.

Le troisième jour, les moines et les prêtres du temple se réveillèrent, s'étirèrent, bâillèrent, enfilèrent leurs robes, se rendirent dans la salle centrale du temple… et s'exclamèrent :

— AH ! ÇA ALORS !

Ils venaient de découvrir que le plancher était couvert de dessins de chats.

— Qui donc dessine des chats ici ? s'écrièrent-ils, et ils examinèrent attentivement le nouveau venu. Mais ils ne notèrent rien d'extraordinaire et laissèrent les choses suivre leur cours.

Le jour d'après, moines et prêtres se réveillèrent, s'habillèrent, se rendirent dans la salle centrale du temple et s'écrièrent une nouvelle fois :

— AH ! ÇA ALORS !

Cette fois-ci, les chats étaient peints sur les murs.

— QUI DONC DESSINE DES CHATS ICI ? s'exclamèrent-ils encore. Une fois de plus, ils observèrent le garçon, mais ne lui trouvant rien d'extraordinaire, ils n'insistèrent pas.

Au troisième jour, les habitants du temple se hâtèrent de se lever. Après les bâillements et étirements d'usage, ils s'habillèrent et se précipitèrent dans la salle centrale, encore plongée dans l'obscurité. Ils examinèrent le plancher, mais en vain. Ils tournèrent leurs yeux vers les murs en papier : pas de traces de chats. Ils regardèrent vers le plafond… rien à signaler là non plus. « Bon, se dirent-ils avec un soupir, tout est rentré dans l'ordre. » Ils prirent leurs livres de soutras, les ouvrirent, et…

— AH! ÇA ALORS!

Les pages vierges et les marges étaient pleines de chats!

Furieux, ils refermèrent leurs livres et se ruèrent dans les appartements de l'abbé.

— Le nouveau dessine des chats partout! Nous en sommes sûrs. Dites-lui d'arrêter ou renvoyez-le!

Le responsable du temple fit venir le garçon et lui demanda sans colère:

— Est-ce toi qui dessines ces chats?

— Oui, avoua-t-il, mais ce n'était pas par mauvaise intention. Je ne voulais pas abîmer le temple, détériorer les murs, les sols ou les livres. Simplement, dès que je suis en face d'un espace vide dans une pièce, d'une page blanche dans un livre, j'y VOIS des chats. Comme s'ils jaillissaient du vide à ma rencontre. Alors, avant même de savoir ce que je fais, j'émiette mon encre, je la dilue, j'y trempe mon pinceau et je peints des chats. Je vous supplie de me comprendre.

— Ton destin est peut-être de devenir peintre, dit le prêtre. Néanmoins, ici, tu dois faire ce qu'on te dit. Telle est notre règle de vie. Si tu ne peux pas t'y conformer, tu dois partir. Fais des efforts, je te donne une dernière chance.

Le garçon savait que, tant que la sécheresse durait, quitter le temple pouvait signifier la mort. Partout, la nourriture était rare, et il était loin de chez lui. Il se décida donc à travailler dur. Et à ne plus dessiner de chats.

Le jour d'après, le garçon se leva en même temps que les autres. Il travailla aux tâches qui lui étaient fixées, et tout se passa bien. Tout alla bien également le deuxième jour.

Le troisième jour, il se réveilla, bâilla, s'étira, puis sans même s'en rendre compte, il dilua un peu d'encre sur le petit plateau de pierre, y trempa son pinceau humide et dessina un chat sur le mur à côté de son lit. Tous les moines le virent.

L'abbé du temple lui dit :

— Les signes sont clairs. Ton destin t'appelle. Tu dois le suivre partout où il te mènera. Maintenant, écoute bien ce que je vais te dire, car je vais te mettre en garde. Évite les grands espaces, préfère les endroits restreints.

Le garçon ne demanda pas ce que cela signifiait, mais, espérant que le sens de ces paroles se manifesterait peu à peu, il répondit :

— *Haï*, oui. C'est ce que je vais faire. Merci.

Il enveloppa soigneusement son matériel de peinture dans sa couverture, attacha celle-ci avec une ficelle, la jeta sur son épaule et se mit en route.

C'était la fin de l'automne. Le ciel était gris et bas, le vent gémissait dans les arbres. Les feuilles mortes raclaient sur les branches comme des ossements, et le garçon commença à avoir peur. Où aller ? Où chercher un gîte ? Qui prendrait soin de lui ? Comment se nourrirait-il ? Comment survivrait-il ? Seul sur les routes, il risquait de mourir de faim ou de froid. Il se souvint alors brusquement qu'à une vingtaine de kilomètres, sur une colline, se dressait un grand temple, si grand qu'on y avait peut-être même besoin d'un artiste et qu'il trouverait donc à faire ce qu'il aimait le plus au monde : dessiner. Mais même s'ils ne voulaient pas d'artiste, il pouvait faire le ménage, la cuisine ou couper du bois. Il prendrait ce qu'on lui proposerait. C'est avec cet espoir et cette intention qu'il prit le chemin de ce temple.

Ce qu'il ignorait, c'est que le temple était abandonné et qu'un génie malfaisant s'y était installé. La nuit, quand des voyageurs s'arrêtaient dans le temple, se couchaient et s'endormaient, le génie s'approchait en rampant et les dévorait dans leur sommeil.

Le garçon ne savait rien de cela. Tandis qu'il marchait, le jour faiblissait et le froid devenait plus vif. Juste comme la nuit tombait, il atteignit le portail du temple. Il alla à la grande porte et frappa, mais ses coups résonnèrent dans le vide.

« C'est étrange, se dit-il. Il y a bien ici quelqu'un qui ouvre la porte aux voyageurs. C'est l'usage. Ah oui, sans doute qu'à cause de la sécheresse tous sont aux champs à soigner les récoltes. À leur retour, je leur montrerai que je ne rechigne pas au travail. Mes bras seront à leur service et j'aurai un toit. Mais il fait si sombre et si froid, je suis si fatigué et si affamé que je ferais aussi bien d'entrer et d'attendre à l'intérieur.

Il poussa la porte, qui grinça plaintivement. « Les gonds sont tout rouillés ! Il faudrait quelqu'un pour les polir et les graisser. Voilà un travail que je pourrais faire. Dès qu'ils reviendront, je leur prouverai que je suis disposé à travailler, et ils me garderont. »

Il ouvrit complètement la porte, qui grinça encore, et entra. « OOOHHHH ! QU'EST-CE QUE C'EST QUE ÇA ? » Des toiles d'araignée se collèrent sur sa peau. « Ah ! ils sont si occupés à travailler aux champs qu'ils n'ont plus de forces pour l'entretien du temple. Je le ferai à leur place. Quand ils reviendront, ils me garderont sûrement. »

Il trouva un vieux balai et nettoya le passage. Malgré la poussière qui le faisait tousser, s'étrangler et éternuer, il vint quand même à bout du travail.

Mais il était déjà tard. La lune était haut dans le ciel, et pourtant personne ne revenait. La clarté lunaire traversait les murs de papier, projetant des ombres mystérieuses dans la pièce. Le garçon était très fatigué d'avoir marché tout le jour, il avait froid, il n'avait rien à manger. Et, en même temps, il ne se sentait pas rassuré. Où donc pouvaient être tous les habitants du temple ? Les moines ne pouvaient pas travailler aux champs si tard !

Le garçon décida qu'il ne pouvait plus attendre. « Je vais me coucher et m'endormir, se dit-il, et quand je me réveillerai demain, les moines seront de retour et tout s'arrangera. »

Il dénoua la ficelle et déroula sa couverture. Il posa ses trois précieux objets à ses côtés mais, au moment de glisser dans le sommeil, il entrevit une forme blanche et luisante à son chevet. Il étendit le bras et palpa : c'étaient des cadres de bois articulés formant trois panneaux couverts d'un papier de riz fin et lisse. Au premier regard jeté sur ces surfaces de papier vierge, il ne put s'empêcher d'y apercevoir des chats.

Il s'élança vers la porte principale et l'ouvrit. Un petit ruisseau coulait au milieu des feuilles mortes. Il y puisa une poignée d'eau et la versa sur son plateau. Il dilua son encre, y trempa son pinceau et dessina : des chats courant, des chats assis, des chats dansant, des chats jouant, des chats se bagarrant, des chats miaulant. Il y en avait sur tous les panneaux. Il se recula et regarda. « Ah ! s'exclama-t-il satisfait, j'y ai passé du temps, mais au moins mes chats sont parfaits. Exactement comme j'ai toujours rêvé les peindre. Quoi qu'il arrive maintenant, je ne m'inquiète pas, mes chats sont là. »

Le garçon lava son pinceau, se recoucha et allait s'endormir, quand il se rappela les paroles du prêtre : « Évite les grands espaces, préfère les endroits restreints. » Il promena son regard autour de lui et vit que la pièce était vaste.

« Il faut que je trouve une pièce plus petite. » À force de chercher, il finit par découvrir, derrière les panneaux, un petit placard muni d'une porte coulissante en papier. « Ici, ce n'est pas grand, j'y serai en sûreté. » Ramassant ses affaires de peinture et sa couverture, il se glissa dans le placard, ferma la porte et, enfin, épuisé, s'endormit.

Soudain, au milieu de la nuit, retentit un hurlement à glacer le sang. On entendit le fracas de murs qui s'effondraient, de meubles qui volaient en éclats. Puis le silence se rétablit. Le garçon demeura enfermé dans son placard toute la nuit, tremblant de peur et ne sachant pas ce qui l'attendait à l'extérieur de la frêle paroi de papier.

Au matin, la lune se coucha et le soleil se leva. Sa lumière éclaira les murs en papier du temple et s'insinua même dans le placard. Le garçon sut que c'était maintenant ou jamais. Ou bien il aurait le courage d'ouvrir la porte et de regarder en face ce qu'il y avait derrière, ou bien il mourrait dans son placard.

Sa couverture et ses affaires de peinture dans une main, il posa l'autre sur la porte et la poussa juste assez pour y risquer un œil. Mais il ne vit rien, car il était derrière les panneaux. Il ouvrit alors largement la porte, fit quelques pas, respira un bon coup, passa la tête et regarda. C'était atroce!

Du sang était étalé sur les murs et sur le plafond. Et au milieu de la pièce, dans une mare de sang, était étendu mort un énorme génie au corps de rat.

«Oh! s'exclama le garçon, dont la peur se dissipait mais dont l'étonnement augmentait. Qui donc m'a sauvé de cet horrible monstre? Qui m'a protégé de ce démon venu la nuit pour me tailler en pièces?»

Il leva alors les yeux vers les panneaux où il avait peint des chats avec tant de soin et d'amour. De chacune de leurs dents, de chacune de leurs griffes, du sang dégoulinait sur les panneaux. Les chats s'étaient animés dans la nuit, et c'étaient eux qui l'avait sauvé.

Le garçon revint au premier temple et raconta à l'abbé ce qui lui était arrivé. L'abbé perça la signification de la mort du monstre :

— Le génie était à l'origine de la famine. Maintenant qu'il est mort, les choses vont aller mieux. Grâce à ton art, tu n'as pas sauvé que ta propre vie, tu as aussi sauvé ta famille et toute la province. Grand est ton destin !

L'abbé avait raison. Au printemps, les champs se couvrirent d'une abondante verdure. La récolte fut la meilleure qu'on ait vue depuis des années. Le garçon revint chez lui. Ses parents furent ravis de le revoir, et lui bien heureux de les retrouver.

Avec le temps, il devint un peintre célèbre, renommé d'un bout à l'autre de l'archipel du Japon.

Mais, même au sommet de sa célébrité, il ne lui arrivait jamais, fût-ce un seul jour, de prendre son encre, de l'eau et son pinceau sans dessiner au moins un chat.

10. Les cheveux noirs

Une soirée d'automne
Sans un cri.
Un corbeau passe.

Kishi

Dans Les cheveux noirs, *il y a encore un fantôme, mais l'idée centrale du conte est que trahir l'amour est une faute terriblement grave.*

Il y a bien longtemps de cela, dans la ville de Kyoto, vivait un samouraï. Il était marié à une femme bonne et belle, qui, de plus, était une excellente tisseuse. Le sort voulut que ce samouraï perdit son poste : son seigneur mourut, et il devint un guerrier sans maître, un *ronin*.

Sa femme avait beau vendre ses tissus, ils n'avaient pas assez d'argent. Ce n'était pas encore la pauvreté, mais ils n'étaient plus en état de tenir leur rang. Le samouraï avait honte de son infortune, et il s'aigrit.

Un jour, il fit un paquet de ses affaires et passa ses sabres à sa ceinture.

— Je m'en vais, dit-il à sa femme. Ce n'est pas une existence pour un homme comme moi. Je ne peux supporter ce déshonneur. Épouse quelqu'un d'autre, quant à moi je pars chercher fortune ailleurs.

La femme éclata en sanglots et supplia :

— Je vais tisser encore plus, vendre encore plus. Je t'en supplie, ne m'abandonne pas !

Mais le samouraï avait fermé son cœur. Tandis qu'elle pleurait, ses longs cheveux noirs flottant sur ses épaules, il attacha ses sandales, enfourcha son cheval et partit.

Il chemina jusqu'à une ville lointaine, où il finit par entrer au service d'un autre seigneur. Grâce à ses qualités, il se fit rapidement distinguer et, bientôt, devint l'un des plus proches serviteurs du maître.

Ce seigneur avait une fille, gâtée et égoïste. « Si je l'épouse, se dit le samouraï, ma fortune sera faite. »

Ainsi, poussé par l'intérêt, il la courtisa et sut lui plaire. Le mariage fut l'occasion de grandes fêtes. Puis tout reprit son cours comme avant. Sa femme passait son temps devant le miroir à s'épiler les sourcils et à essayer d'innombrables robes de prix, tandis que son époux le samouraï servait son seigneur et se couvrait de gloire sur les champs de bataille grâce à son sabre, à sa lance et à son arc. Il accompagnait aussi sa femme, quand elle se faisait emmener en litière de boutique en boutique pour acheter du tissu, des robes, des colifichets et des bijoux. Debout dans la rue à côté des porteurs, il s'irritait de la vanité et de la futilité de ces occupations. Il ne trouvait aucune joie à cette vie des riches à laquelle il avait tant aspiré.

De plus en plus lui revenait le souvenir de sa première femme. La nuit, il voyait son beau visage, ses yeux tendres brillant d'affection pour lui, ses longs cheveux noirs descendant sur ses épaules. Il entendait le claquement du métier sur lequel elle tissait de superbes étoffes. Il tendait les bras vers elle et se réveillait désemparé, plein de dégoût pour ce qui l'entourait.

Au bout de quelque temps, ses rêves commencèrent à le visiter dans la journée. Alors qu'il attendait que sa femme ait fini ses éternelles emplettes, le visage de sa première épouse parut devant lui, avec son sourire, ses traits fins, ses mains délicates, sa longue chevelure noire. Ces images revenaient le troubler de plus en plus souvent, ressuscitant son amour et son désir. À la nuit, des larmes amères remplissaient ses yeux. Il savait désormais qu'obsédé par la réussite, il avait commis une folie. Il avait rejeté celle qui l'aimait et que lui-même aimait, il l'avait sacrifiée à la recherche de la richesse et du pouvoir. Une fois qu'il en eut pris conscience, il décida d'abandonner cette existence factice, de revenir vers sa vraie femme et de lui demander pardon.

Un soir, il enfourcha son cheval et prit le chemin de Kyoto. Après plusieurs jours de route, il entra dans la ville un peu avant minuit. C'est par des rues obscures, désertes comme des tombes, qu'il se dirigea, le cœur battant, vers son ancienne demeure. Il pénétra dans la cour. Les herbes étaient hautes. Il vit à la lumière de la lune que le papier des murs était déchiré par endroits. « Oui, se dit-il, sa vie n'a pas été facile, mais maintenant que je suis rentré, je vais remédier à tout cela. Oui, tout ira bien. »

Il attacha son cheval, monta les marches de la véranda, retira ses sandales, fit glisser la porte et entra. Il passa de pièce en pièce, puis entendit le claquement régulier du métier à tisser. Son cœur bondit. Il ouvrit une dernière porte. Elle était assise devant le grand métier, vêtue d'une robe rapiécée, ses beaux cheveux noirs dégringolant en cascade sur ses frêles épaules et sur son dos.

Elle se tourna et l'aperçut. Un sourire radieux éclaira son beau visage blafard. Elle courut vers lui et il la prit dans ses bras.

— Pardonne-moi, dit-il en pleurant, pardonne-moi, j'ai agi comme un fou. Mais je vais me rattraper, je te le jure !

— Chut, murmura-t-elle, en larmes elle aussi, chut, cela n'a plus aucune importance maintenant. Mes prières ont été exaucées. Tu es revenu. Viens, viens !

Ils passèrent la nuit ensemble à bavarder, à rire et à pleurer, serrés l'un contre l'autre durant les heures obscures, tandis que les bougies brûlaient et s'éteignaient. Le samouraï finit par sombrer dans le sommeil.

Au matin les rayons du soleil sur son visage le réveillèrent. Il ouvrit les yeux. L'astre brillait juste en face de lui par les trous du toit dont une grande partie, pourrie, s'était effondrée. Il se frotta les yeux, mais ce n'était pas un rêve. Le soleil dardait toujours sur lui ses rayons. Médusé, il regarda autour de lui.

De la moisissure recouvrait le papier déchiré des murs et les poutres abattues. Des herbes poussaient à travers le plancher vermoulu. Au milieu de la pièce se dressait un métier à tisser cassé. Sa femme était étendue à côté, le dos tourné vers lui, ses minces épaules enveloppées dans le kimono rapiécé, ses longs cheveux descendant sur son dos jusqu'au sol. Il la prit par les épaules, la tourna vers lui et… c'est un squelette qu'il aperçut. Il y avait longtemps, bien longtemps que sa femme chérie était morte de chagrin, de solitude et de nostalgie.

Table des matières

Rafe Martin

L'auteur habite à Rochester, dans l'État de New York. Il y a tenu une librairie avec sa femme pendant quelque temps, et c'est à cette occasion qu'il a commencé à développer ses talents de conteur. Il s'y consacre depuis et a reçu de très nombreux prix pour son travail. Il a écrit une douzaine de livres et intervient beaucoup dans les écoles.

Robert Giraud

Le traducteur est né en 1935 ; traducteur de russe et d'anglais, interprète de russe, il est ravi de pratiquer un métier qui consiste à aider les gens à mieux se comprendre, à communiquer entre eux malgré leurs différences, à s'enrichir au contact les uns des autres.

Frédéric Sochard

L'illustrateur de l'intérieur est né en 1966. Après des études aux Arts-Déco, il travaille comme infographiste, et fait de la communication d'entreprise, ce qui lui plaît beaucoup moins que ses activités parallèles de graphiste traditionnel : création d'affiches et de pochettes de CD. Depuis 1996, il s'auto-édite, et vend « ses petits bouquins » sur les marchés aux livres, de la poésie... Pour le plaisir du dessin, il s'oriente depuis deux ans environ vers l'illustration de presse ; il débute dans l'édition avec Castor Poche. Et avec tout ça, il a trouvé le temps de faire deux expositions de peinture...

Daniel Pudles

L'illustrateur de la couverture est né en 1958 à Paris. Après des études à l'École supérieure d'art graphique, il travaille comme infographiste et comme illustrateur pour la presse. En 1993, il s'installe à Londres, où il poursuit son métier d'illustrateur et travaille pour l'édition. Il vient de publier son premier album pour enfants aux États-Unis.

Castor Poche, des livres pour toutes les envies de lire : voici une sélection de contes, légendes et récits du monde entier.

775 17 contes du bouddhisme **Junior**

par Thalie de Molènes

En 566 avant notre ère, naquit au Népal le prince Siddharta, plus connu sous le nom de Bouddha. Sa pensée donna naissance au bouddhisme. Son enseignement prend vie dans ces dix-sept contes, à travers des animaux gourmands et bavards, des hommes ignorants ou naïfs... un univers finalement très proche de la vie et des gens de tous les jours !

774 13 contes et récits d'Halloween **Junior**

par Françoise Rachmühl

Halloween ? On pense à un cortège de fantômes, de sorcières et de vampires, dans la lumière de grosses citrouilles jaunes, direz-vous. Mais savez-vous que cette fête est née il y a 3000 ans, chez les Celtes, pour célébrer la fin des récoltes et communiquer avec les morts ? Ce recueil vous dira tout sur Halloween, et fera de vous le spécialiste des histoires de chauves-souris... et de momies !

773 10 contes de Slovaquie **Junior**

par Maria Durickova et Peter Glocko

Entre Danube et Carpates, la Slovaquie abrite une culture populaire riche en images et originale. Que l'on soit prince ou jeune paysanne, c'est au roi du temps que l'on demande conseil dans ces dix contes, ou bien aux douze mois de l'année, à la lune, au soleil et au vent... La nature et les saisons y dictent une loi plus forte que celle des rois : la poésie.

772 10 contes des Mille et une nuits — Junior
par Michel Laporte
Il était une fois, à la cour du sultan des Indes, la fille du grand-vizir, Schéhérazade... qui toutes les nuits racontait au prince un nouveau conte. C'est ainsi que naquirent Ali Baba et les quarante voleurs, mais aussi Hassan le cordonnier, la fée Péri Banou, et le petit bossu... Entrez dans cet univers merveilleux où les pêcheurs parlent aux poissons et les princes épousent des fées.

771 Perceval — Senior
par Camille Sander
« Il était une fois un roi nommé Arthur, et un château abritant le Graal... » Ces mots magiques ont bercé le Moyen Âge avant de parvenir jusqu'à nous. Mais ils ont d'abord guidé Perceval dans sa quête impossible de la mystérieuse coupe, faisant de ce jeune garçon simple un des plus célèbres chevaliers de la Table Ronde.

770 10 contes du Japon — Senior
par Rafe Martin
Univers envoûtant des samouraïs et des geïshas, le Japon est aussi une île de poésie et de rêve. On y raconte qu'un peintre donna naissance à des chats en les peignant, qu'une jeune fille fut blessée lorsqu'on entailla l'arbre qui porte son nom... dans ces dix contes, la nature et le fantastique ne font qu'un.

769 Les quatre fils Aimon — Senior
par François Suard
Savez-vous que le règne de Charlemagne fut ponctué de rivalités entre princes et seigneurs, jonché de cadavres ? Le plus célèbre témoignage en est l'histoire des quatre fils Aimon, et les épisodes multiples de leurs luttes familiales, dans cet univers de chevalerie... où les idéaux de fidélité et d'amitié ne sont pas toujours vainqueurs.

768 17 récits de pirates et de corsaires **Junior**

par Brigitte Coppin

Pirates et corsaires ont hanté toutes les mers, depuis que les bateaux existent... Mais savez-vous ce qui les différencie? Effroyables filous ou honnêtes hommes, Surcouf, les frères Barberousse et le célèbre Barbe-Noire, nous confient leurs destinées. À l'abordage!

729 15 contes juifs du monde entier **Junior**

par Howard Schwartz et Barbara Rush

Avez-vous déjà vu un ange sans ailes ? Venus du Yémen, d'Irak, du Maroc ou de Pologne, ven,us aussi du fond des temps, ces quinze récits brefs et colorés marient dans une langue simple le quotidien et le merveilleux, le déroutant et la familier.

728 **Marseille, de Phocée à César** **Senior**

par Dominique Buisset

Onze textes pour évoquer des légendes, des anecdotes, ou des épisodes marquants de l'histoire de Marseille dans l'Antiquité, depuis ses origines phocéennes (600 av. J.-C.) jusqu'à la prise de la ville par Jules César.

727 10 récits de la danse classique **Senior**

par Anne-Marie Pol

Univers de grâce et de beauté, la danse classique est aussi synonyme de souffrances, de rivalités. Ces récits présentent les plus grands maîtres de la discipline, des bals à la cour du roi, jusqu'aux premières danseuses sur pointes.

726 **10 contes du Grand Nord** **Junior**

par Howard Norman

Venus du Groënland, d'Alaska ou de Sibérie, ces dix contes tirés de la tradition inuit nous invitent à plonger dans un monde où l'on épouse les mouettes, où les visiteurs impolis sont punis par les morses, et où les rêves des enfants font venir les oies…

703 **12 contes de Guyane** **Junior**

par Yves-Marie Clément

Ne cherchez ni fées ni baguettes magiques dans ces contes de la Russie des tsars. Ils sont le règne des pommes rajeunissantes, de l'eau vivifiante, de la ravissante Vassilissa, du preux Ivan et surtout… de l'affreuse Baba-Yaga !

702 **7 récits des premiers trains** **Junior**

par Michel Ehret

En sept récits allant de Londres à Bombay, ou de Venise au Caire, revivez la fantastique aventure des pionniers du rail. Prouesses techniques, voyages féériques : le monde des trains a de tous temps fasciné puissants et enfants.

695 **7 contes d'Irlande** **Senior**

par Anne Pons

Contré enchantée, l'Irlande est le royaume des druides et des chevaliers, de saint Patrick et de Deirdre des douleurs, de Cuchulain et des vaches de Cooley. Voyage au cœur de la mythologie celte…

687 14 contes de Russie **Senior**
par Robert Giraud
Ne cherchez ni fées ni baguettes magiques dans ces contes de la Russie des tsars. Ils sont le règne des pommes rajeunissantes, de l'eau vivifiante, de la ravissante Vassilissa, du preux Ivan et surtout... de l'affreuse Baba-Yaga !

680 16 contes de loups **Junior**
par Brigitte Coppin
Voici seize contes, pour passer des dents de la peur à la chaude fourrure de la tendresse, pour découvrir les multiples visages du loup dans l'imaginaire du monde, à travers tous les temps.

669 15 contes d'Amérique latine **Junior**
par Osvaldo Torres
Véritable « invitation au voyage », ces contes sillonnent l'Amérique latine toute entière. De la Patagonie au lac Titicaca, de l'Amazonie à la Pampa, ils célèbrent un univers magïque, parfois surnaturel, où les animaux et la nature règnent en maîtres...

666 9 récits de Paris **Senior**
par Liliane Korb et Laurence Lefèvre
Saviez-vous que les Normands avaient attaqué Paris par la Seine ? Avez-vous déjà vu le Petit Homme Rouge aux Tuileries ? La Capitale regorge d'histoires, presque toutes vraies...

665 13 contes de l'Empire mongol **Senior**
par Laure de Cazenove et Odile Weulersse
Dans le désert des steppes, les caravanes avancent, doucement. Malgré ce çalme apparent, nombreuses sont les aventures qui se déroulent autour des troupeaux. Genghis Khan passe par là et le vent se met à souffler très fort.

Castor Poche

Des livres pour toutes les envies de lire,
envie de rire, de frissonner,
envie de partir loin
ou de se pelotonner dans un coin.

Des livres pour ceux qui dévorent.
Des livres pour ceux qui grignotent.
Des livres pour ceux qui croient ne pas aimer lire.
Des livres pour ouvrir l'appétit de lire et de grandir.

Castor Poche rassemble des textes du monde entier ; des récits qui parlent de vous mais aussi d'ailleurs, de pays lointains ou plus proches, de cultures différentes ; des romans, des récits, des témoignages, des documents écrits avec passion par des auteurs qui aiment la vie, qui défendent et respectent les différences. Des livres qui abordent les questions que vous vous posez.

Les auteurs, les illustrateurs, les traducteurs vous invitent à communiquer, à correspondre avec eux.

Castor Poche
Atelier du Père Castor
4, rue Casimir-Delavigne
75006 PARIS

Cet
ouvrage,
le sept cent
soixante-dixième
de la collection
CASTOR POCHE,
a été achevé d'imprimer
sur les presses de l'imprimerie
Maury Eurolivres
Manchecourt - France
en février 2007

Dépôt légal : septembre 2000.
N° d'édition: L01EJENFP4578A003
Imprimé en France.
ISBN : 978-2-0816-4578-3
ISSN : 0763-4544
Loi n° 49-956 du 16 juillet 1949
sur les publications destinées à la jeunesse